# 物理的に孤立している俺の高校生活

My Highschool Life is Phisically Isolated.

森田季節

illustration:
Mika Pikazo

\(*^O^*)/
1m
高鷲えんじゅ
ENJU TAKAWASHI
波久礼業平
NARIHIRA HAGURE

ELIAS
TATSUTAGAWA
竜田川エリアス
AIKA
AYAMEIKE
菖蒲池愛河

「私は、この異能力が、嫌い。

これのせいでまともな人間関係は作れないから」

しぼり出すように、悔しげに、高鷲は言った。

「あ、訂正するわ。大嫌い」

もし今、心の声を見ても、
間違いなく同じ言葉が表示されただろう。

「そんな異能力を持ってる自分も、大嫌い」

俺の肌もひりひりする気がした。
高鷲はずっとうつむいている。
箒でその全体重を支えているようだった。
自分まで嫌いにならなくていいだろ、
なんて言葉をかけても
焼け石に水をかけることにもならないだろう。
励まされても異能力は消えないし、
友達もできん。

「それじゃあ、業平君、愛河と付き合います？」

「ぶごはっ!」
メロンソーダ噴いた!
タイミングとしては
この上なく最悪だ!

# CONTENTS

DESIGN：RINA NUMATA

# 物理的に孤立している俺の高校生活

My Highschool Life is Phisically Isolated.

**波久礼業平**●はぐれ・なりひら
高校二年生。一メートル以内の人間から体力を奪い吸収する、通称「ドレイン」の異能力を持つ。友達がいない。

**高鷲えんじゅ**●たかわし・えんじゅ
業平と同じクラス。人と三秒間視線を合わせると、偽りのない本心が電光掲示板に表示されてしまう、通称「ココロオープン」の異能力を持つ。友達がいない。

**菖蒲池愛河**●あやめいけ・あいか
業平と別のクラス。他人の好感度を二十倍に増幅させる、通称「チャーム」の異能力を持つ。友達がいない。

**竜田川エリアス**●たつたがわ・えりあす
業平の幼馴染で生徒会副会長。水を浄化したり、きれいな部分と不純物に分離できる、通称「純水操作」の異能力を持つ。友達がいる。

森田季節

illustration: Mika Pikazo

1 物理的に孤立している男子はクラスの同類の秘密を知った

前の席から回ってくるプリントが、俺の一個前の一身田《いしんでん》さんの席でストップする。

彼女はいそいそとテニスラケットを取り出し、プリントを載せる。

それからグリップの先端を持って、めいっぱい手を伸ばして——

「はい……業平《なりひら》君、プリントだよ……」と言う。

彼女は絶対に俺に近づきたくないのだ。俺と彼女の席は不自然なほど離れている。

厳密には一メートル離れていれば安全なんだけど、一メートルが必須ということは二メートル半は一身田さんも念のために離れてしまう。

俺は月曜一時間目の英語から、ナチュラルに絶望して、人生をまあまあ恨《うら》む。

けど、一身田さんに罪がないことは俺が一番知っている。

こうするしかないのだ。

もっとも、まだまだ届かないけどな。俺は席を立って、一時的に彼女に近づいてプリントを取る。俺の努力も合わさって、やっと彼女の努力も実るわけだ。

プリントを取ったら、俺もすぐに席に戻る。

ゆっくりしていると彼女にダメージが生じるからだ。

「いつもごめんね、業平君《なりひら》」

「いや、それは俺のセリフだ。一身田《いしんでん》さん、毎度お手数おかけします」

一身田さんはいい人だ。むしろ世話焼きタイプですらある。

その童顔のどこかおっとりした小動物的な表情を見ると、苦しい高校生活も三％ほどは癒やされる。彼女は俺を守ってくれる皮の鎧のような存在である。

一度、俺がこれはもっと仲良くなれるかもと調子に乗って、

「一身田さんって、以心伝心《いしんでんしん》と響《ひび》き似てるね」

「……あっ、うん、そうだね……。はは……」

としょうもないことを言って大爆死したことがあるほどいい人だ――あっ、余計なことを思い出してしまった！　記憶の隅《すみ》に封じておくべきだったのに！

ほかのクラスメイトも基本的にいい奴《やつ》である。俺に対するイジメみたいなのもない。聞こえる程度に陰でコソコソ言う奴もいない。

そう、俺が孤独なだけなのだ。

俺の異能力は通称「ドレイン」。というか、俺がそう呼んでいる。

かっこつけて、そう命名したわけではない。だって、「常時発動型で、半径一メートル以内にいる人間の体力を吸い取って、自分の肉体を強化する異能力」と毎回言うわけにもいかんだろう。

このドレイン、地味なようだが（というか地味だが）、接近戦だとガチで強い。

近づいただけで相手は弱る。その分、俺は元気になるけど、日常生活で半死半生ということはないので自分でわかるような変化はない。

吸収しようと意識すればさらに吸収のペースは速くなるし、吸収の範囲を一時的に広げることも（ついでに言うと、逆に狭《せば》めることも）可能だ。体で接触できれば、吸収ペースはさらに上がる。

というわけで、強い異能力だけど――それだけだ。

人生で役に立つことがあるかといえば、これまではゼロだし、今後もゼロのままだろう。

たしかに戦闘になったら、強い（はず）。

チート級の力を発揮するだろうと言われたことも何度かある。

でもさ、日常生活において、戦闘ってある？　ない。

人生の圧倒的大部分を占める平和な状態において、この異能力は足枷《あしかせ》だ。

これのせいで、俺には友達がいない。たかが一メートル、されど一メートル。恐怖感を覚える人間はたいていその倍は離れたがる。こっちだって無理に近づいて怯《おび》えられたくないから、俺も三メートルくらいはキープする。

教室の窓際一番後ろ。

そこが俺の指定席で、その半径一メートル以内に、ほかの机は設置されてない。

赤いビニールテープで一メートルの線が貼ってある。

イジメ感がはんぱないが、俺からの提案だ。明確な判断基準があったほうがクラスのみんなも安心する。学校も認めている。

はぁ……他人に近づけば近づくほど体力が回復する異能力者とかいないかな……。

この高校でもさすがにいないよな。俺の異能力もかなりのレアというか、俺しか聞いたことないし。神が俺を苦しめるだけに作った可能性すらある。

ここは、都内に異能力科がある高校の一つ。八王子市《はちおうじし》にある都立東京西部高校。といっても、普通科などない。異能力科と異能力者しかいない。

東京の中心からは離れている八王子市だが、人口は五十万を超えており、日本の全人口の約五％が該当する異能力者用の高校も設定されている。

入学資格は異能力者であること。というか、異能力者は異能力科がある高校に入ることになっている。選択肢《せんたくし》はない。

通称、西高《セイコー》。ニシコーではなく、セイコーと読むのが正しい。

生徒には異能力が社会に役立つかどうかということで、貢献《こうけん》レベルというのが設定されている。五段階評価で、最高が5で最低が1だ（と高校に入るまでは思っていた）。とくにその数字で差別されることはないが、点数が高ければ就職で有利とは言われている。

でも、俺の一年の通知表にこう書いてあった。

――貢献レベル0。

まさかの六段階評価だったのだ。何これ？　「無」ってこと？

なんでも、「危険なだけ」の異能力は無意味な異能力の1より低い0と認定されるらしい。

友達がいたら、いっそネタにして盛り上がれただろう。鉄板ネタになってただろう。

でも、いないものは仕方ないよね、うん……。

「業平《なりひら》君、はい、二枚目のプリント……」

また前の席の一身田《いしんでん》さんがテニスラケットにプリントを載せて、手を伸ばした。

彼女もテニス部であることがこんな形で役立つとは思わなかったはずだ。

ちなみに女子が下の名前で呼んでくれるのは親愛のしるしではなく、俺の苗字《みょうじ》が「波久《ハグ》礼《レ》」だからだ。クラスの隅にいるはぐれ者を「ハグレ君」と呼ぶのはいくらなんでもひどすぎると、みんな薄々感じているのだ。彼らは善人だ。イジメ感は出したくないのだ。

「ありがとう」

そう言って、プリントを取る。

ありがとう、か。寂《さび》しい響《ひび》きの言葉だ。

ちゃんと「ありがとう」と言える奴《やつ》は偉いってどこかで聞いたことがあるが、「ありがとう」を何度言っても友達はできない。褒《ほ》められたいんじゃない。友達がほしいんだ！

もちろん、対策は考えた。

よくある、口先だけ努力しましたって言ってるダメな奴《やつ》とは違う。

男子の中では身だしなみに気を使っている。

ヤンチャ感がありすぎると避けたがる人もいるから、内気な人でも話しかけられる、ほどほどにかっこつけた絶妙な部分でとどめている。甘い採点ならギリでイケメンの部類かもしれない。

流行《はや》っているものはジャンルを問わず、ちょっとずつ摂取して会話に入れるようにもしている。学業もおろそかにせず、上の下程度の成績は維持。

掃除の人数が少ない時は率先して手伝ってもいる。

体育でテニスだった時とか、用具の片付けも俺がやってた。

なんの効果もなかった。

冷静になってみれば当然そうだとわかるんだけど——こいつは善人だから友達になってやろうなんて思う人間はいない。

物理的に孤立しているという現実は何も変わらないし、物理的に孤立していては友達もできない。まして彼女などできるわけもない。

一メートル以上の距離を保ちつつ、一緒《いっしょ》に飯を食い、映画を観れるか？　ベテランの探偵でも無理だろ。映画で隣《となり》に座った奴は映画が終わる前にタンカで運び出される。列に並べば後ろの客から「もっと詰《つ》めろ」と言われる。

この力が発現したのは小学校の五年生だったから、小学校時代はすでにある人間関係の貯金でぎりぎり逃げ切れた。友達は一時的に五十センチに入っても嫌《いや》な顔もしなかった。

中学生活は異能力のせいで灰色。むしろ無色。無視されたんじゃなくてガチで危険視された。一メートル半くらいだった間隔が二メートルに延びていた。

異能力者を対象にした高校の生活も二年目に突入したが、やはり灰色。むしろ無色。異能力者の高校なら理解されるかなと思ったが、同情も共感もなし。衰弱《すいじゃく》させる力って気味悪いからな。

「俺に色をつけてくれ！」と大声で叫びたかった。

「おかしいだろ！　他人を弱体化させる異能力なんて高校生にはまったくメリットないぞ！」と大声で叫びたかった。

「罪もない俺が負け組の中の負け組になるのはおかしい！　ほかは割りと高スペック。場合によってはこのスペックなら彼女がいるまである！」と大声で叫びたかった。

声に出すことはできなかった。

そんなことすれば異常行動と認定される。

俺は「性格はまともな奴」から「性格もキモい奴」に降格になる。

いったい俺は前世でどんな悪いことをしたんだ？　教えてくれ！　それがわかり次第、前世に干渉する異能力者を探し出して、前世の俺を殺してもらう！　自分の前世にあたる人間の運命を変えたら、来世の俺の運命も変わるんじゃないか？　いや、もしかしたら、俺が消滅して全然違う人間になるかもしれないから、まずいかな……。タイムパラドックス的には大丈夫な気がするけど……。

「業平《なりひら》、この英単語の意味、わかるか？」

五位堂《ごいどう》先生に当てられていた。ヤバい。憤《いきどお》りの結果、授業中ということを忘れていたのだ。

でも、わかる質問でよかった。

「ええと、isolationですね。意味は『孤立』です」

俺は素《す》で答えたつもりだった。

だけど、先生の顔色が変わった。

「あ、すまん……別にお前への当てつけじゃないんだ……。偶然、そういう単語だっただけだ……。あっ、かといってお前が一人でずっといると考えてたわけでもなくてだな……」

ああぁっ！　当てつけでないと弁解したら、今度は孤立してると認めてることになるから、それも弁解しないといけない流れ、ものすごく面倒くせええええぇ！

差別はダメだと言った瞬間、差別があると認めたことになってしまうということの一連の流れ、やりきれん……。これが社会問題であればむしろ顕在化させることで解決に乗り出すこともできるが、ぼっちを顕在化させてもそこに友達になろうと突っ込む人間はいないのだ。

くそ、いっそ不良にでもなってやろうか⁉　席のポジション的には完全に不良だし。ダメだ。そんなことをしたらＡＯ入試に無茶苦茶《むちゃくちゃ》響《ひび》く！　大学進学に悪影響が出る！　というか、不良仲間すらできない気がしてきた！

ならば、いっそ自分から「ぼっちでーす」とネタにするか⁉　いや、それ、失敗したら大事故だ。クラスメイトがまあまあ本気で憐《あわ》れんでいた場合、笑ってすらくれないおそれがある。

「先生、俺、気にしてないですから」

心を殺して、俺は言った。

むしろ、俺を殺してくれ。俺は絶望でできた砂浜に一人立っている。手ですくってもすくっても、絶望しかつかめない。足下には幾千、幾万の絶望があるだけだ。

一日中、悲しみに暮れつつ不遇の改善を祈った。

祈ってる間に、その日の授業が終わっていた。

祈りでこの世界を変えるなんて、最強の異能力は存在しない。

★

祈り続けてダメだから、俺は再度行動する。

俺は戦う男だ。友達を作るためなら悪魔にでもなる。

授業が終わっても放課後というロスタイムがある。まだ今日は終わりじゃない！

高校生活は人生で三年しかない（留年した場合などを除く）。それもすでに二年目に突入しているから三分の一は終わっている。のんびりしてると半分が消化される。

友達いないまま、三年間が終わるのだけは避けたい。

これで俺がなんらかのゲームやスポーツに打ち込んでる人間なら、そっちに集中していたという言い訳も立つが、そういうのはとくにない。スポーツで対戦相手に近づきすぎるのは、異能力上、基本的に反則になるから出られないし。

「掃除、俺も手伝うよ」

いつもどおり掃除担当の列でもないのに、俺はそこに加わって箒《ほうき》を取る。

こいつ、いい人間だなと少しでも思ってもらいたいのだ。

一ミリでも可能性があれば行動する。会話のきっかけでも生まれるかもしれない。

たとえば、こういう展開だ。

「ほんと、業平《なりひら》って偉いよな」「まあ、俺、帰宅部で暇《ひま》だしさ」「俺も今日は部活サボるわ。業平、一緒《いっしょ》に帰らねえ？」「ああ、いいぜ。コンビニでアイスでも買ってくか」「お前、割りと近づいてくるんだな」「だって一メートルって意外と寄れるぜ。大丈夫、大丈夫」

そう、そう。こんなどこにでもいる男子高校生のちょっとした友情みたいなのがいいんだよ！　この気取らない関係に趣《おもむき》深さがある！　ソシャゲも音楽も格闘技も俺なら話できるよ！　君の趣味《しゅみ》に合わせられるよ！　下ネタもエロネタも君が望むなら対応しよう！

——今日の掃除担当の列は全員女子だった。

ぼっちで異性の友達を作るとか、魚類が陸上生活を通り越して、宇宙に挑戦するとか言ってるようなもんだぞ！　まずは陸上生活でいいから。地に足つけたいから。

掃除をしているほかの人間から、距離をおいて箒を動かす。

不幸は重なるものだ。窓の外を見てたら、雨が降り出してきた。

チャリ通なので、雨は露骨《ろこつ》にテンションが下がる。

傘《かさ》を差して自転車を走らせることは厳密には道交法違反だし、かといってレインコートを着て走るとあとでかさばるし、大阪のオバチャンがよく使用している傘を自転車に固定する道具はアバンギャルドすぎる。

どうするかというと、小雨だとヤケクソで自転車をこぐ。小雨程度で風邪をひくことはないから、これが一番現実的だ。

それでも家と高校まで距離があるから、着いた頃にはなんだかんだでぬれている。

じゃあ、電車通学にしろとしたり顔で言う奴《やつ》は、地獄にでも通学しろ。俺が電車やバスに乗ったら、周囲の人間を衰弱《すいじゃく》させる。どうしても乗らないといけない時も頻繁《ひんぱん》に下車したり、車内を移動して、被害を減らすことを考えているのだ。

窓の外では、雨の中を傘《かさ》差しながら空飛んで下校する奴《やつ》が見えた。空を飛ぶぐらいのことができる奴はたまにいる。江戸時代は飛脚として活躍した能力で、文字通り飛んでいたらしい。現代でも交通費が浮く。貢献《こうけん》レベル4ぐらいもらえてるんだろうな。少なくとも、就職したら出張費浮くから、会社としてはありがたい人材だ。

高校生にもなると貢献レベルの差でマウンティング取る奴も威張る奴もいないが、就職する際に無茶苦茶《むちゃくちゃ》影響してくる。噂《うわさ》では大学進学も推薦で行きやすいという。

なので高二になって微妙に入試の「にゅ」ぐらいを意識している俺は、ついつい他人の貢献レベルを考えてしまう。たしか異能力で実績を出せばレベルも上がるはずだ。

敵よ、来い。

俺がほどほどに負傷しながら最後は勝利できる程度の敵、来い。

箒《ほうき》を動かしながら都合のいいことを考えた。

友達のことなんてすっかり忘れてしまえるような、長い戦いの日々とか訪れれば苦しまずにすむ。上手《うま》くいけば周囲から感謝されたり尊敬されたりもする。

それに異能力バトルってたいてい友情とか恋愛みたいなの、ついてくるし。全キャラ、ぼっちで独自行動してるなんて作品はない。

掃除をしている女子たちは楽しそうに笑いながら話している。

声は聞こえてくるが、俺には笑えるような内容には感じなかった。

友達というのは、しょうもない話題でも楽しく笑って話せる関係を言う。もし、俺が一身田《いしんでん》さんの友達だったら、「一身田さんの名前、毎回、以心伝心《いしんでんしん》を思い出すんだけど」って言葉で絶対に盛り上がるのだ。「業平《なりひら》君と心通じ合いたくない（笑）」「ひでー（笑）」みたいなじゃれあいすらありえた。

でも俺は友達でもなんでもない。掃除をしている他人。

部外者の言葉は自動的に不気味だし、だから面白《おもしろ》くもならない。

「ごめん、部活のミーティングがあるんだ……。先抜けるね！」

「ゴミ入れるのだけ、やっといて！　お願い！」

女子たちが勝手なことを言い出した。ゴミまとめるだけなんだから最後までいろよ。協調性ないんじゃないのか？　――なんてこと言えるわけがないので俺は、

「うん、いいよ。やっとくよ」

と答えた。そう、気の弱い奴って、ルールはよく守るのだ。協調性ないのはむしろリア充のほう。だからリア充は三日に一回、口に口内炎できて、苦しめばいい。

「ありがとねー、業平君！」

軽い調子でさっきまで盛り上がっていた女子四人がばたばた帰っていく。何が「ありがとねー」だ。その感謝の気持ち、五秒後には忘れてるだろ。残されたのは俺と女子一人だけ。ほとんど終わっているとはいえ、押しつけられた格好だ。

女子と一対一か。俺とタイマンで最悪とか思われたら嫌《いや》だな……。そう思いながら、残ったのは誰だろうと確認して——俺は硬直した。

ある意味、俺と似た存在がそこにいた。

高鷲《たかわし》えんじゅ——通称「氷の姫」。

高校一年の時、ペーパーテストではずっと学年トップの成績をマークしていた。

そのうえでバカと話すことはないとばかりに、誰とも話さずに超然としている。二年で同じクラスになってからも、休み時間はたいてい大きめのヘッドフォンで外部の音をシャットアウトする徹底ぶり。

そう、話す人間がいない点だけは俺と共通しているのだ。

今日も高鷲は「氷の姫」という名にリアリティを感じるぐらいに、すべてを見下しているような冷たい瞳《ひとみ》と貴族みたいな長い髪をしていた。もちろん、姫という言葉がしっくりするほどに顔も整っている。女子の中では背も高くスタイルもいいから、モデルっぽさもある。

天は二物を与えずという言葉があるが、はっきり言ってガセもいいところである。

たいてい、多くを持ってる人のところにはさらにいろんなプラス要素が集まる。

逆に何もかも上手《うま》くいかない人間は、性格もひがみっぽくなったり卑屈《ひくつ》になったりするから、余計にダメな要素が増えがちだ。

だいたい高鷲にぴったりな「才色兼備《さいしょくけんび》」ということわざからして、すでに「天は二物を与えず」と矛盾《むじゅん》している。ことわざ業界はもうちょっとまともに仕事してほしい。

――もっとも、高鷲の評判は、ぶっちゃけ悪い。

そう、高鷲は才色兼備ではあるが、人格面で難がある（らしい）。

噂《うわさ》では関わろうとした人間には徹底した毒舌で応戦し、泣かした女子は数知れないとか。

すべての女子にイライラするようなあだ名をつけているとか。

一年の時、「性格ブス？　うん、じゃあ、あなたは性格以外ブスね」と歯向かった女子に言い返して、撃退したらしいとか。

伝聞情報なので、全部「とか」です。

少なくとも、二年で同じクラスになって一か月ちょっとがすぎたけど、休み時間はたいてい大きめのヘッドフォンをつけて、外部の音を完全シャットダウンしていた。今はさすがに外してるが。
**※やけに詳《くわ》しいと思われそうだが、俺はクラスの一番後ろなので、クラスのことは詳しい。**
ただし、そういう噂を俺は素直に信じてない。

これだけいろんなギフトを持って産まれてきたら、うらやむ同性だっているだろう。そういう奴《やつ》から根も葉もない噂を流されたんじゃなかろうか。

俺はぼっちだからこそ、孤高に生きる奴を差別したりなんてしな――

「ったく、酢豚系パイナップル、かさつきアブラゼミ、限りなくほくろ、作画崩壊モブ……

あのグループ、掃除ぐらい真面目《まじめ》にやりなさいよ。掃除やれない人間は何やってもダメよ」

「ほんとにあだ名つけてた！」

高鷲《たかわし》のつぶやきにツッコミを入れてしまった。

出すぎた真似《まね》をした。ふだんはそんな友達同士でないと絶対変な目で見られるようなことはしないのだが、今のはタイミングがよすぎた。否《いな》、悪すぎたのか？

それで、高鷲はちらっと目つきの悪い瞳《ひとみ》を俺に向けて、すぐにどこかにそらした。

ふあ～あ、とけだるげなあくびをして、左手で押さえてから、

「ああ、もう一人いたんだ」

いかにも「どうでもいいです」といった心情が強く伝わってくる声。俺のほうは見もしない。

高鷲は粒の大きな雨が降る窓の奥を眺めていた。箒《ほうき》を持っているから魔女みたいに見えた。

「雨なのはつらいけど、酢豚系パイナップルたちが傘《かさ》持ってないと想像すれば、少しすっきりするわ。梱包材《こんぽうざい》のぷちぷちを一個つぶすたびに、あの子たちに一つ不幸なこと起きないかしら」

いや、掃除を押しつけられた格好だから腹立ってるのわかるけど、口が悪すぎる！

「わざと、あの子たちの椅子《いす》、ちょっと引いて、誰かが勝手に放課後に座ってた感を出そうかしら。なんか生理的に嫌《いや》よね」

直後、高鷲は本当にその列の椅子を微妙に引いていた。ずずずっと嫌な音がした。

こんな人間が実在するのか。友達を作ろうとするどころか、自分以外一切信じないとばかり

に武器を持って他人を追い払う生き方を選ぶなんて……。

椅子の引き方に満足したのか、高鷲はうんうんとうなずいていた。

「あのさ……高鷲さん、俺にもあだ名つけてたりする……？」

聞いたのは、好奇心からじゃない。

知らないままなのが怖かったのだ。

「えっ？　君は隅《すみ》っこネズミ野郎だけど」

やっぱりけっこうえげつないの来た！

しかも、ショッキングなことに、彼女は俺のほうに向きもしない。

視界に入れる価値すらないということか。

「あの……もう少しオブラートに包んでいただけないかな……？」

さらに言葉をかけられて、高鷲は値踏みするように俺をようやく一瞥《いちべつ》し、またすぐに視線をそらす。お前とのコミュニケーションは有料なのか。

「じゃあ、『予選落ちをいい経験したと無理矢理ポジティブな記憶に変換する系男子』」

「ネガティブよりはいいだろ！　許せよ！」

「『SNSで勝手に絡《から》んできて、相手の反応が悪いと勝手にキレて去っていく奴《やつ》』とかは」

「俺、そこは自制心あるし、SNSは実質やってないからな！」

こんなに人の尊厳を傷つけられるのって、もはや異能力ではなかろうか。

そういえば高鷲《たかわし》の異能力って見たことがない。「氷の姫」と言われるぐらいだから、氷関係か。マジで毒舌そのものだったりして……。

「た、高鷲さんって、友達いらないんだね……。つ、強いね……」

こんな点を褒《ほ》める必要もないかもしれないけど、俺にとってこの女子はたしかに憧《あこが》れの一つではあった。

俺が「殺さないでくれ、殺さないでくれ！」と言って結局殺されるモブだとしたら、高鷲は勝てない敵に剣をとって殺されるキャラなのだ。

すべてを見下す生き方は、友達がほしくて掃除まで買って出た俺よりよっぽど高潔……あ、高潔じゃないかもしれないけどマシだ。クラス内のヒエラルキーが向こうのほうが高い。

今も、突っ立ってるだけでも高鷲えんじゅは圧倒的に美しかった。絵になった。ぼっちににじみ出てしまうキモさなど無縁だった。ぼっちだからこそ、ほかのぼっちが醸《かも》してしまうキモさにも敏感《びんかん》なのだ。

話す相手がいない時のおどおどした感じ、会話の輪に入れそうで入れなくて様子をうかがってる弱小草食動物みたいな様子、そういうのが高鷲にはまったくない。

寄らば毒舌で斬《き》る、そういう態度が明確だ。

俺もこれぐらい思い切った性格になれれば何か変わるだろうか。

うん、無理。

「他人」が、「敵」にクラスチェンジするだけだ。

高鷲は俺の評価（？）には何も答えず、また窓のほうを見ていた。そのまま箒《ほうき》に乗って飛んでいってしまいそうだった。話しかけられたのを無視する勇気なんて、俺にはない。その様子を見守っていたら、ちらっとだけ俺のほうを見て、

「別に私は何も強くないわよ」

衛星中継ぐらいのタイムラグで俺に答えた。

「そんなことないって。強くないって言える時点で強いだろ」

言ってから、しまったと思った。奥に深入りしすぎた。これでは抽象的で痛い会話吹っかけてる奴《やつ》になってしまう！

「さあ、あのザコたちが集めたゴミを始末しなきゃ」

……普通に無視された。

「ちりとりをやるよ」

俺のほうが用具入れに近かったので、ちりとりを出した。

とっととこの空間から脱出したい。単純に気まずい。女子と一対一の時点できつい。終始無言なのも気まずいけど、こんな異形の会話も困る。これは無邪気に十分も二十分も続けられるものじゃない。

ちりとりを床に沿わせる。

けど、その時になって問題に気づく。

高鷲《たかわし》が箒役《ほうき》をやるということは、距離が一メートル以内に近づいてしまう……。

「やっぱり、俺がやるよ、ほら、異能力で迷惑かけちゃうし」

そう、迷惑なんだ。こんなことでさえ、気をつかわないといけないのが、正直面倒くさい。

異能力なんて存在しない世界であればよかった。

「いいわよ。ゴミを掃くのに何分もかからないでしょう?」

「それは、そうだけど……」

俺のほうから我慢を強制させるという選択肢《せんたくし》は提示できない。

「きつかったら、『あなたのせいで不快』ってちゃんと言うし」

「それがあるなら、俺一人でやらせてくれ!」

「私が箒であなたがちりとりなら、構図的に見下せるでしょ。意外かもしれないけど、私、人を見下すのは好きなの。将来は人を見下すとお金がもらえる仕事に就きたいわ」

「意外性のカケラもないし、そんな仕事ねえよ……」

結局、高鷲は箒を持ったままで、俺がちりとり役ということになった。

当たり前だが、物理的に見下される。

「いい？　顔を上げないでね。あなたの顔なんて見たくもないし」

わざわざ余計なことを高鷲は言った。

「はいはい、わかってるよ。美少年じゃなくて悪かったな」

「大丈夫よ。顔がよくても、私はその人間のダメなところを見つけてみせるわ」

歩く邪悪みたいな発言が頭から飛んできた。

しかし、ふと疑問が浮かんだ。

見下して楽しんでるような奴《やつ》なら、その対象の顔は見たいだろうに。

そういえば、さっきから高鷲と驚くほど目が合ってないのだ。

最初は俺を見る価値すらないと思っていたのだが（冷静に振り返ったら自虐的《じぎゃくてき》すぎるので後で思い出して泣きます）、もしや自分の顔を見られたくないからではないのか。

顔にコンプレックス？　高鷲が問答無用で美少女なことぐらい、クラスの誰もが知ってることだ。でなきゃ「氷の姫」なんて呼ばれてない。

答えなど出ないまま、高鷲の影が俺の上で動くのを感じていた。

その影が遠くへ逃げていくような気がした。

思わず顔を上げると、高鷲が苦しそうに後ろに倒れかけていた！

「おい！　大丈夫か！」

俺はあわてて抱き止める。なんとか背中をキャッチできた。よかった、よ――くない。

この高鷲の衰弱《すいじゃく》は絶対に俺に近づいたせいだ。つまり俺が抱《かか》えて接触していれば悪化する。

すぐ離さないといけないが、ここで離すと頭から落ちてしまう。それじゃ人間のクズだ。俺は人格まではクズじゃない。むしろ異能力さえなければ上の下ぐらいの地位にいる男だ。

それにしても、女子の体ってやわらかすぎないか。どこに肉がついてるかもわからないほどにやせてるのに——そんなこと、どうでもいい！

「下ろすからな……。頭打つなよ……」

声をかけたせいで必然的に高鷲《たかわし》と目が合った。

その瞬間、恋に落ちたなんてことはなく、人生で一番気まずかった。俺は加害者なのだ……。

高鷲はほんの少し口元をゆがませて、頬《ほお》をわずかに紅潮させて、「見ないで」と言った。

場違いな感想なのはわかってるけど——

その表情はぞっとするほど、艶《あで》やかで——

結果的に俺は視線をはずせなかった。

極めて特殊な事例だ。相手に拒絶の意思を示されて、それでも自分の行為を止めないことなんて人生でなかったかもしれない。

そんな人生初の領域に踏み込んだからか、不思議なことが起きた。

高鷲えんじゅの背後に奇妙なものが現れた。

駅のホームにあるようなＬＥＤの案内板。あれによく似たものだ。

ほら、「各停　新宿《しんじゆく》」——みたいなやつ。

どっかの駅からトランスポートされてきたのかと思ったけど、どうもこの世のものじゃないというか、存在感が薄い。

そこに右から左に文字が流れてきている。

【しまったわ……。突然のことで視線合わせすぎたかも……。いや、まだ今から視線をはずせばセーフのはず……】

「なんだ、これ……？」

こういう異能力を使える奴《やつ》がどこかに隠れているのか？　物を具現化できる奴だってきっといるはずだ。

でも、これ、高鷲の心の声っぽいような……？

「ちょっと、目を合わさないでよ……。あまり、あなたの自信のない顔を見たくないの。自信のなさが伝染《うつ》る……！」

高鷲が飛び起きて、顔を背《そむ》けた。回復したのか。異常事態で体力が火事場の馬鹿力的に引き出されたらしい。

俺がわかるのは、明らかに異能力が発生しているということだ。けど電光掲示版が出るってニッチすぎる……。

【どうしよう……。これでもしも、異能力のことが知られると厄介《やっかい》ね……】

また、電光掲示板に文字が流れていった。

「なあ、掲示板に心の声を流せる異能力、持ってないか？」

「はぁ？　そんなわけわかんない能力知らないわよ。『ぼくのかんがえたさいきょうの異能力』みたいなのは聞きたくないんだけど」

【もしかして、本当に視線があっちゃった⁉　出ちゃったら、しばらく消えないのよね……。だとしたら早く視線をそらして時間を稼《かせ》がないと……】

いきなり、高鷲《たかわし》は後ろを向いた。

視線をそらすという文字の直後に、後ろに。

偶然にしてはできすぎてる。

ものすごく不自然なので、俺はちりとりを持ったまま回り込む。で、目を見る。

すぐに高鷲が顔を九十度横に向ける。

俺も九十度横に移動。

「ど、どうして見つめてくるのよ……」

ストーキングみたいで気が引けるが、文字のほうでだいたいのことがわかる。

「その後ろのやつって、異能力と関係してるか？」

鉄面皮《てつめんぴ》の高鷲に変化が現れた。

一言で言うと、書いてた文章のデータをミスで全部消しちゃった時のような顔。

問題が大きすぎて理性がそれを認識することを拒《こば》んでいる。

「あの……私は一切動揺してないんだけど……深呼吸していい？」

「……俺の許可はいらないだろ」

「じゃあ、あなたに抱きかかえられて、動揺してたって設定でいいから」

……つまり、恋に落ちるようなことはお互いになかったということはわかった。

俺としては相変わらず電光掲示板が気になる。

【これ、ばれてるんじゃない……？　私が心の声を垂れ流す異能力持ちだってことが……。せっかく、クールキャラを装《よそお》って、視線を他人に合わせずにやってきたのに……】

「質問するから、はい・いいえの二択で答えろ。後ろの電光掲示板みたいなのって、高鷲さんの異能力だな？」

「ふざけたこと言わないでほしいんだけど」

【そうよ……。小学校の時は「ココロオープン」なんてダサい名前つけてたわ】

「たしかにダサいけど、小学生ならそんな次元だと思う」

「私、何も言ってないし……」

どうやらシラを切る作戦らしい。しかし、まだ作戦は続く。

「高鷲さん、そのクールなキャラって作ってるよな？　それ、素《す》じゃないよな？」

「キャラって作るものじゃないでしょう。私は私よ」

【うん。三秒間、目が合い続けると、これが発現しちゃうのよね。心を読まれるのが怖いから、人が近づけないようなキャラを作って視線も合わないようにしてたんだけど、それが効き目あ

りすぎて……ここまで友達できないとは思ってなかった……】

謎《なぞ》はすべて解けた。解けたというか、心の声が全部教えてくれた。

高鷲《たかわし》の顔が蒼白《そうはく》になっていた。弱みを握《にぎ》られたとでも思ったか?

あっ……俺と距離が近すぎる。長年の勘で一メートル三十センチはある気がするが、安全策をとるか……。心理とか以前に肉体的にしんどくさせるのは申し訳ない。

大股《おおまた》で三歩ほど後ろに移動した。この異能力、もう少し吸収してるって自覚症状ぐらいほしい。接触レベルでないと感覚がないのだ。

「高鷲えんじゅ、お前の異能力は把握《はあく》した」

ボロカスに言われてたし、もう呼び捨てでいいよな。敬意を払わん奴《やつ》に敬意はいらん。

「今度は探偵ごっこかしら?　勝手に密室にでも入って窒息《ちっそくし》死してなさい」

【終わったわ……。最悪、ただ痛いぼっちに降格になる……】

まだ口のほうは素直になってないが、こいつが何を考えてるかは極めてリアルにわかった。

「心配するな。俺はこのことを誰にも言ったりしない」

「ほ、ほんと!?」

その時の電光掲示板にも【ほ、ほんと!?】の文字が並んでいた。

突発的なことだと、言葉をコントロールすることはできないらしい。

「まさか、黙ってる代わりに変なことでも要求するんじゃないでしょうね……。さっきみたいに衰弱《すいじやく》したところを狙《ねら》うとか……」

　電光掲示板にエロ漫画的な展開が表示されたので、俺は視線をそらした！

「違う！　やましい意図はない！　むしろ悪漢が来たら倒すぐらいに善良！」

「『僕は正常な人間です』と言いまくってる人間が正常だと思えるの？　確実に異常の側でしょ。信用できない」

「言いたいことはわかるけど、じゃあ弁解の余地ないだろ！」

　俺だって善良とかそんなに害はないとか言わなくていい異能力を持ちたかった。明らかに異能力ない一般人より不利だ。

「理由はものすごく単純だ。お前もわかるだろ」

「わかったら苦労しないわよ。だいたい、人の心なんてそう簡単にわからないものでしょ」

　高鷲は右手で頬《ほお》を小さくかいた。そこで手が止まっていたから指差しているみたいだった。

　それは正論だ。ただし、お前を除く。

　たしかに相手のことがストレートにわかったら楽だよな。いや、楽なのかな……？　空を飛べる鳥には鳥の苦労がありますす的なごたごたがあるのかな。

「お前、友達ほしいんだろ？　異能力的に友達作る自信ないから、そういうキャラやってるんだろ。つまり孤高キャラは……逃避だ」

　高鷲は黙っているから、正解と考えておく。

「友達がほしいのは俺も同じだからだ。物理的に距離がある奴《やつ》と仲良くなってくれる奴なんていないんだ」

「二十一世紀なんだから、距離の制約はＳＮＳで対処しなさいよ」

こいつ、自分のこと棚に上げてくるな……。

「そこで、顔も知らない奴と仲良くなったとしてだ、それがリアルに友達がいる関係の代用になると本気で思ってるのか？　学校から一緒《いっしょ》に帰ったり、先生の愚痴《ぐち》言い合ったり、そういうの全部できないんだぞ？」

「そうね。ＬＩＮＥにしたって、結局リアルの人間関係の延長線上でしかないし」

リアルで仲悪いけど、ウェブ上ではマブダチなんてことはないからな。

ちなみにツイッターやってみたけど、フォロワーが六人しかできなかったのでやめた。そのうち二人はスパムアカウントだった。学校でやってる奴いても、キモがられそうでフォローできなかったし……。

俺たちは同じような苦悩を持って生きている。

異能力のせいで、まともに友達が作れない。

「そっか。あなたも友達いないことにかけては、一家言ある立場だものね」

本当にオブラートという概念《がいねん》を知らない奴だな……。違うか、知ってて使ってないのか。なお悪い。

ふと、ほんのわずかに高鷲《たかわし》の表情がやわらかくなった気がした。

けれど、すぐに視線を下にそらしたから、その表情はもうよくわからなくなったし、やがて、電光掲示板も消滅した。一定時間、視線を合わせなければ、消えていくようだ。

「ねえ、隅《すみ》っこネズミ野郎、隅っこネズミ野郎、隅ネズ」

「何度も使って定着させようとするの、マジやめろ。自分で省略形を作るな」

「これは本当にアドバイスのつもりだけど――あなたが友達できない理由の一つは隅《すみ》っこでネズミみたいにこそこそしてるからよ」

良薬が口に苦すぎる。

「逆だ。友達いないから、こそこそしてるんだ」

「でも今となっては悪循環よ」

「ああ、今のがアドバイスというのは理解してる。だから、俺も言うけど――お前が友達できないのは性格がきつすぎるからだ。そこだけどうにかしたらお前は絶対リア充の側だ」

怒られるだろうか。それならそれでいい。感謝したふりの空《から》っぽな「ありがとう」よりはマシだろう。

「そうなのよね」

ふぅーと、長い憂鬱《ゆううつ》気味なため息が教室に響《ひび》いた。

「ケンカ売った時に腹を立てられるのはしょうがないわ。けど、フレンドリーに話しかけてあげてる時まで、避けられているようなの。これはゆゆしき事態よ。だから、外部観測者が必要なのよ」

　理屈はわかる。人間は鏡なしに自分の顔が見られない。

「私としては毒舌三割、普通の会話三割、フレンドリーな会話四割ぐらいの使い分けをしてるつもりなのに」

「マジかよ！　むしろ、どの部分がフレンドリーなのか教えてほしい！」

「さっきも『酢豚系パイナップルってあだ名、面白《おもしろ》すぎ！　もっとほかのも教えて！』みたいな展開を期待してたのに」

「そんな深淵《しんえん》に踏み込みたくねえよ！　あとやっぱり会話の持っていき方、失敗してた！」

「フレンドリーかどうかなんて文脈で判断しなさいよ。そもそも、人間の本音なんてうかつに取り出せないでしょ。全世界の人間が本音でしか向き合えなかったら、それは絶望よ」

　ふう、やれやれなんて表情で高鷲《たかわし》は箒《ほうき》持ってない右手だけ、お手上げのポーズをとる。

　そんな短編ＳＦを中学時代に読んだことがあった。

　その世界では男の考えてることが他人に伝わるんだけど、きれいな女性と会うたびに「エロいことしたい」と男は考えてしまうので、まともな人間とみなされなくなるのだ。

　短編だからギャグですんだけど、それが現実なら悲惨《ひさん》に違いない。

　人間、ムカつく奴《やつ》も考えが合わない奴もいる。いて当然だし、それでも衝突なくやれてるのは、思想・信条は人に見えないからだ。

「私は、この異能力が、嫌い。これのせいでまともな人間関係は作れないから」

しぼり出すように、悔《くや》しげに、高鷲は言った。

「あ、訂正するわ。大嫌い」

もし今、心の声を見ても、間違いなく同じ言葉が表示されただろう。

「そんな異能力を持ってる自分も、大嫌い」

俺の肌もひりひりする気がした。

高鷲はずっとうつむいている。箒でその全体重を支えているようだった。

自分まで嫌いにならなくていいだろ、なんて言葉をかけても焼け石に水をかけることにもならないだろう。励まされても異能力は消えないし、友達もできん。

だから、こう言う。

「俺も自分の異能力は心底嫌いだよ」

「それで自分自身も嫌いなんでしょ?」

「でも、自分まで嫌いになりたくないし、今も嫌いじゃない」

そこが高鷲との相違点だ。

「だって、こんなものを背負ってるのは、俺のせいじゃないから。俺は被害者なんだ。なんで被害者が自分のことを憎《にく》まないといけないんだ！　すべて異能力が悪い！　こんな異能力を授《さず》けた運命が悪い！　悪くない俺は幸せになる権利すらある！」

高鷺《たかわし》は驚いたように目を見張っていた。珍しく、高鷺のほうから俺の顔を見てくれた。

大切なことを伝える時には相手の目を見て話すべきだから俺も高鷺を見る。

「私の心を読もうとするのやめてくれる？　ある意味、盗撮よりひどいからね」

「あっ、ほんとだ。すまん！　素《す》でやってた！」

また、高鷺の視線は俺から逃げてしまう。

視線を合わせられないというのは、かなり厄介《やっかい》だな。人間は情報の多くの部分を相手の表情から読み取るからだ。

「それと、まだ私のほうは話が終わってなかったからね」

別にこれは自分を否定する告白だけじゃなかったのか。

俺はうつむいて、高鷺の声だけに耳を傾けることにした。顔を見ることなしでも、少しでも、心情を知ろうとした。それはコミュニケーションの基本的なルールだ。

「私は異能力も自分も嫌い。あなたの意見を聞いたからってすぐにそこを変える気はないわ。でも……友達はほしい」

他人事《ひとごと》じゃなかった。声だけでも心をえぐられると思った。

「だから、同盟を結びたいの。お互いに相手が友達を作るために全力を尽くす同盟」

理由は聞くまでもなかった。

俺だって友達がほしいからだ。

ぼっちでも、むしろぼっちだからこそ、友達がほしい。

「私たちは友達がいない。けど、私は過度に攻撃的。あなたは過度に卑屈《ひくつ》。タイプがずれてるからこそ同盟の価値があるわ」

「もしかしたら、友達ができたら、案外しょうもなくて幻滅《げんめつ》するかもしれないぞ」

「むしろ、『高校時代の友達なんて無価値だったわ〜』ってドヤ顔で言いたいし。持ってないってただそれだけの理由で、私にとって友達は魅力的なの」

「わかりすぎてつらい」

一度、どっかのウェブの悩み相談で、「ぼっちでつらいです」という悩みがあり、その回答が「ぼっちは恥《はじ》じゃないですよ」というものだった。この回答者は頭が悪すぎると思った。恥かどうかなんて気にしてねえよ！　ぼっちだという状態が苦痛なんだよ！　苦痛だから痛み止めをよこせと俺たちは言ってるんだよ！

「はっきり言って友達というものにどれぐらいの価値があるのか、私は知らない」

視線が合わないまま、言葉だけが二人しかいない教室に響《ひび》いた。

もし、ほかの誰かがいれば絶対に口に出せない言葉だ。

友達の定義について語るなんて、どう考えたって痛々しい。抽象論はマジ地雷だ。

「所詮《しょせん》、流行《はや》ってるから自分もほしいって次元のものかもしれない。そんな人間関係、大学生になったらきれいさっぱり忘れるのかもしれない。だとしても――」

これまでで一番、高鷲《たかわし》の声が大きくなる。

叫びにしては小さいけれど、それは絶叫に聞こえた。

「私は、いいえ、私たちは友達がいないことですごくつらい思いをしてる。どうしようもないぐらい居心地《いごこち》の悪さを感じてる」

本当にそうだよ。

友達がいなくたっていいと大人なら言うかもしれない。もしかしたら、「俺も昔は友達いなかったけど今では人生充実してるよ」とか言う大人もいるかもしれない。

そんな言葉、なんの救いにもならない。

俺たちの現実が、友達がいないというだけでどうしようもなく灰色なのだ。息苦しいのだ。

高校生にとって、高校の生活は社会の八割ぐらいを占めているのだ。その八割が灰色なのに改善されないままって、文科省ぶっ壊すぞ！

俺はなんの変哲もない床をじっとにらんでいた。にらみ続けていた。

掃除したあとにもかかわらず、思ったよりもほこりが残っている。

黒い傷みたいなのがやけについている。とくに光の当たっているところは傷が目立つ。

よく見ると、正方形のパネルを並べたようになっている。木目を模しているのか、たまに人の目みたいに見える箇所がある。

リア充はこんなもの永久に着目しないだろうな。まず、足下見ないもんな。俺はしょっちゅううつむくから、床研究者の域に達している。

高鷲はしばらく何も言わなかった。かといって帰ろうとしたりもしなかった。

俺が同盟の返事をまだしていないからだ。

「なあ、高鷲」

「答えは決まった？」

「お前の目を見て、ココロオープンを発動させたら怒るよな……？」

「あなたがホームルームで自分の使ってるエロ本を発表できるぐらい開けっぴろげな人間なら、私の異能力もどう扱ってもらってもいいわよ」

高鷲は右手で銃の形を作って、俺の顔に向けた。これは立ち入るとケガするやつだ。

「わかった……。異能力は発動させないことにする……」

「この異能力は人間関係をより貧しくさせる効果しかないから。能力を知れば、こいつはこういうこと考えてるんだなって相手は安易に知ろうとするだろうし。実際、そういうのが嫌《いや》だから、高校の前にこの学区に引っ越してきたの」

高鷲を厭世的《えんせいてき》にした理由の一つはそれだろう。

相手だけがわかった顔をするなんて不均衡《ふきんこう》だ。鼻持ちならないに違いない。

「お前の顔は極力見ない。目も合わせない。ずっと視線をそらしたまままっていうのはきついから、たまには見るけど、凝視《ぎょうし》したりはしない――同盟参加者としては、これでいいか？」

ちらっとだけ顔を見た。いつもと変わらない仏頂面《ぶっちょうづら》があったけど、なぜかほっとした。

「許すわ」

同盟なのになんで上から目線なのか。

「――ということで」

高鷲《たかわし》は俺のほうに顔を背《そむ》けたまま、箒《ほうき》を持ってないほうの右手だけを伸ばしてきた。

透き通っていると錯覚するほどに白い手だった。

こいつは友達いないから手をつないだこともないからかもしれない、だからこんなに穢《けが》れもないような手なのかもしれない。そんな変な妄想《もうそう》が頭をよぎったけど、口にしないでおいた。

「――同盟締結ね。秘密も共有してることだし、ちょうどいいわ」

「俺はお前の秘密を知ってるけど、お前は俺の秘密なんて知らないだろ」

ドレインは隠しようがない。むしろ相手に被害が及ぶから隠してはいけない。

「あなたは友達がほしくて、掃除の手伝いとかしてるのよね？」

「お、おう……そうだけど……」

「それを言葉にして言いふらしたら、割りと致命傷よね？」

生きてる心地《ここち》がしなかった。

もしかしたら、うすうす感づいてる奴《やつ》もいるかもしれないけど、それを誰かが言葉にした瞬間、話題にしていいコンテンツになってしまう。

そういえば、友達募集中ですだなんて言ったことない。

ぼっちだからこそ、そんなセリフ言えない。

不思議なもので必要だからこそ言えないし、言うと詰《つ》む。このあたり、人生がクソゲーであることを感じさせる最たる点だと思う。

「これでお互いに重大な秘密は握《にぎ》ってると考えていいわよね?」

ほんのちょっとだけ、高鷲の声が弾《はず》んでいるように感じた。嗜虐心《しぎゃくしん》でも満たされたんだろう。もう一回、ぐいっと手を差し出してきた。ドヤ顔ならぬドヤ手。

断る理由なんてなかった。同盟に関しては。

「同盟締結にはやぶさかじゃないけど、手は握れない」

「どうして? ――ああ、ドレインのせいね」

俺はうなずいた。

「同盟相手を疲労させたくない。これは俺のポリシーだ」

「……多分だけど、そういうオリジナルなポリシーがぼっち状態を加速させてるとは思うけど、でも、人には人の正しさがあるから尊重するわ。じゃ、これならどう?」

今度は右の人差し指だけが突き出される。

「指と指。私、人の言葉って選挙公約と同じであまり信用していないの」

選挙権も持ってないのに高鷲《たかわし》はそんなことを言った。

「わかった、それぐらいなら」

俺は一歩、二歩、ゆっくり高鷲に近づいて、人差し指同士をつんと合わせた。

高鷲の長い爪がちょっと痛かった。

けど、その痛みは高鷲がビビって一メートルの外側に逃げなかった証拠でもある。

痛みが消える頃には、また一メートルの圏外に高鷲は戻っている。俺もほっとする距離感。

「それじゃ、今日のところはこれでいいかしら、隅《すみ》っこネズミ野郎君」

「最後に、同盟者としてあだ名を変えることを要求する……」

このあだ名は人生におけるザコって雰囲気《ふんいき》が遺憾《いかん》なく発揮されている名作だ。だからこそ変更しなければならない。

「『カーテンに止まっている変な昆虫を引き離したら足が一本カーテンに残っていた太郎』」

「そんなトラウマ体験みたいなのやめろや！　だいたい、長すぎる！」

高鷲は首をひねって、珍しく思考しているポーズをとった。高鷲は頭がよすぎて、授業中に悩んでいるところなど一度たりとも見たことがないから新鮮だった。

よくよく観察してみると、派手ではないが、高鷲はいろんなリアクションをとる。表情の代わりにそれでコミュニケーションをはかろうとしているのだ。

「よし、決めた」

ぱんと、両手を合わせる高鷲《たかわし》。どんなものが出るか、少しわくわくした。

女子にあだ名を決めてもらうというのは、独特の高揚感がある。

「あなたは、メダカ三等兵」

「悩んだ結果がそれかよ！」

せめて軍曹ぐらいにしろ！　女子にあだ名決めてもらうのに高揚感があるとか、脳内で思ったことを取り消したい！　悪意あるあだ名つける名人の場合は例外！

「なら、はぐれる君は？」

「波久礼《はぐれ》なんて苗字《みようじ》なのは俺が悪いけど、お前、あだ名にマイナスイメージを入れないと気がすまないのか……？」

たしか、人としてひどい表現を使う奴《やつ》ほど、語彙力《ごいりよく》が多いという研究結果があったはずだ。絶対に正しい。バカとかマヌケの連発では毒舌にならんのだ。

「じゃあ、苗字が波久礼だし…………グレ君、とか？」

思った以上にいいのが来たと思った。

「しっくりこないわね。やっぱり、メダカ三等兵のほうが……」

「なんで、お前はメダカにこだわり示すんだ」

「ほら、ちょっと近しすぎないかしら？　別に共闘するからといって、あなたがなれなれしくして許されるわけではないし。まして、あなたと同盟を結ぶとは言ったけど、友達になると言った覚えもないし失礼よ。言うまでもないけど、すでに七回ぐらい切腹しなきゃならないぐらい失礼なことを私にしてるし」

「ひどい言いようだ！」

もっとも、不均衡《ふきんこう》な要素はほかにもいくつもあった。呼称一つとってもそうだ。

「高鷲も何かあだ名で呼んだほうがいいか？」

「『氷の姫』だから、姫で」

自意識、高っ！

「それは俺が呼びづらい。高鷲で決めてくれ」

「高鷲のままでいいわ。関取にも鷲とついてる名前の人は何人かいるし」

それがプラス要素なのかよくわからないけど、本人がそう呼べと主張しているのだから、逆らう必要はないだろう。

「じゃあ、高鷲な」

「ええ」
二、三センチだけ顔を動かした高鷲と目が合った。
すぐに視線はそらされたから、心まではわからなかった。

表情のほうは全然笑ってないし目つきは怖いぐらいだけど、もうちょっと心を許してもらえていると信じよう。

けど、冷静に考えたら本心のほうで【死ね】とか書いてあったら立ち直れんな。

こっちからもあまり目を合わせないようにしよう……。

「話はこれでおしまいかし――あれ、体が重いんだけど……ほんとに重い……」

少し高鷲《たかわし》がふらついた。長い髪がそれに沿って流れる。

そのまま、近くの壁によりかかった。

「おい、大丈夫か！　――ていうか、ごめん！　俺と近づきすぎたからだ」

指と指を合わせる時に接近するし、そもそも俺が一回抱きとめたりなんてしたし、そういうのが肉体的にダメージになったんだろう。

「立ちくらみね。残りの掃除は任せていいかしら、グレ君」

高鷲は箒《ほうき》をひっくり返して、実質的なサボタージュを主張した。たしかにまだちりとりにゴミが入ったままで、ゴミ箱に入れてない。

「俺のせいだしな。やっとく」

「ありがとう、気がきくのね、グレ君」

言ってから、つぼに入るところでもあったのか、高鷲は目を細めた。

「さすが、私がつけただけあって、いいあだ名かも」

自画自賛かよ。その間に俺はちりとりを空《から》にする。でも、メダカ三等兵よりはずっといい。

「たまには、愛のあるあだ名もいいものね」

不覚にもどきりとしてしまった。

理由は単純明快。

「愛のある」という表現のせいだ。

そんなの、毒舌嘲笑《ちょうしょう》系あだ名じゃないというだけの意味だとすぐにわかるのに、言葉に引っ張られてしまった。

友達いないのに彼女がいる男なんてものは存在しない。だから友達いない奴《やつ》は愛に飢えている。そっちは諦《あきら》めてるけどね……。ドレインの力がある限り、一生キスすることもないだろう……。VRで恋愛できるゲーム、本当に本当に切望している。

だからこそ、高鷲の言葉ひとつで平常心がぐちゃぐちゃになった。

「愛のある名前なら、隅《すみ》っこネズミ野郎も甲乙《こうおつ》つけがたいわね」

「まず、お前は外部評価制度を導入しろ」

ぱちぱちぱちぱち。わざとらしく高鷲は手を叩《たた》いた。拍手の意味らしい。

「それじゃ、『グレ君』が全会一致で百点ってことで」

そうだな、俺とお前の二人でしか通用しない呼び名だからな。

# 波久礼業平

●はぐれ・なりひら

## 俺は悪くない。この世界と異能力が悪い。

NARIHIRA HAGURE

★貢献レベル:0

★異能力名:ドレイン

**備考欄**

- わりと常識人。自分の異能力で誰かに迷惑をかけてしまうことをいつも気にかけている。
- 一メートル以内の人間から体力を奪い吸収する。常時発動型。身体接触でドレインが加速。

**異能力評価**

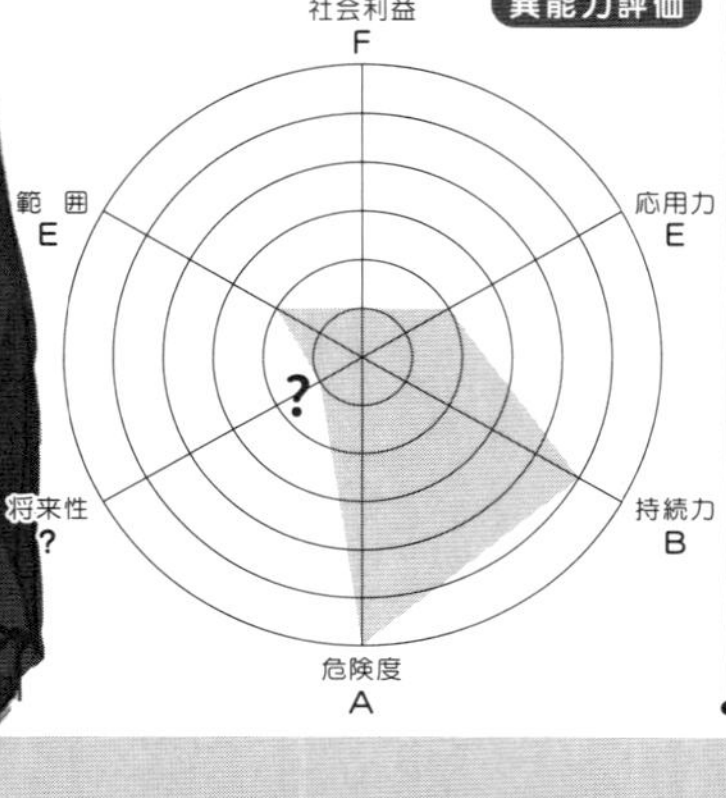

# 高鷲えんじゅ

●たかわし・えんじゅ

## 性格ブス？
## うん、じゃあ、あなたは
## 性格以外ブスね。

ENJU TAKAWASHI

**★貢献レベル：1**

**★異能力名：**
**ココロオープン**

**備考欄**

- 周りを寄せつけない孤高の毒舌美少女。通称『氷の姫』
- 趣味がコアな洋楽から三国志、相撲観戦などニッチなところを突き詰めている。
- 人と三秒間視線を合わせると、偽りのない本心が電光掲示板に表示される。しばらくすると電光掲示板は消滅する。

**異能力評価**

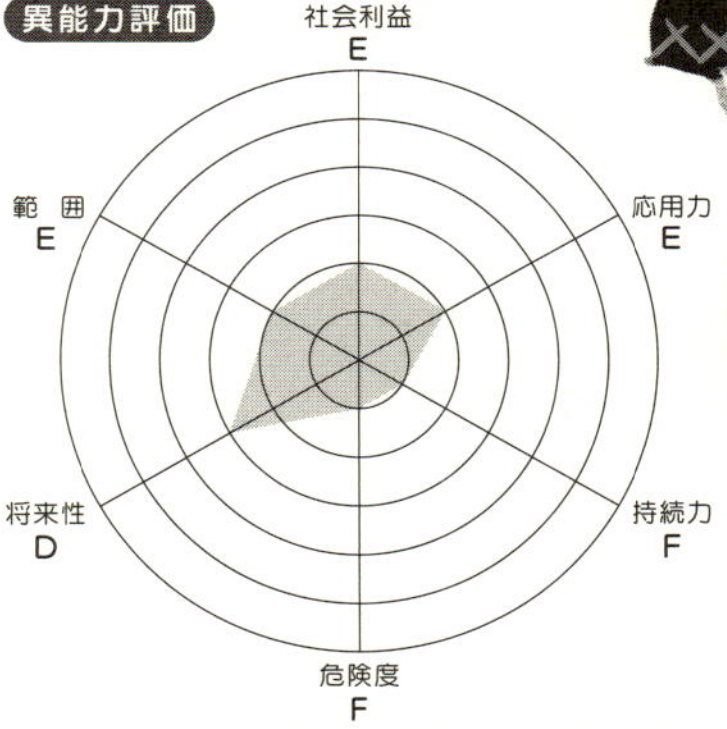

# 2 孤立してる奴二人が同盟を結んだが、所詮孤立してる奴の協力じゃあまり変わらんよね

友達作りに協力する——昨日、そう高鷲《たかわし》は言った。

ただ、具体的に何をするのかということは一切教えてもらっていない。ＬＩＮＥで聞いてみようかと思ったのだが、女子にＬＩＮＥを飛ばす距離感がよくわからないし、そもそもＬＩＮＥ登録すらしてなかった。

せめて朝の休み時間に聞くかと思ったが、いろんな事情の合わせ技一本により、中止した。

ちなみに合わせ技の内容は下記のとおり。

・高鷲が話しかけづらい空気を出していた。むしろ話しかけやすい時はない。
・昨日の今日でいきなり話しかけるの、なれなれしいかもしれない。
・クラスのぼっちの称号をほしいままにしている俺が高鷲のところに行くと、目立つ。
・さらに、勘違いした痛いぼっちが女子と付き合おうとしてると思われそう。
・対高鷲用のぼっち脱出作戦などまったく白紙なので、そこを追及されるとつらい。

以上のような理由で、俺は高鷲に話しかけなかった。チキンなのではない。合理的判断の結

果だ。チキンなのではない。

高鷲のほうも話しかけてこなかったので、表面上は昨日までの「友達と自信持って呼べるような友達いない歴」が更新されたにすぎなかった。高鷲も俺と友達とは言ってないが。

どうでもいいけど、友達と知人の境界線上って、どこなんだろう。「俺の友達が言ってたんだけどさ」ってタイプの話、その当人がいなくても、気をつかって「俺の知人」って表現してしまう。国連は友達のガイドラインを作るべき。

あいつ、何かやってくるのかな？　ただでさえ謎《なぞ》の多いキャラ（一部の心情に関してはかなり把握《はあく》できたけど）なので読めない。

期待と不安――基本的に不安――を抱《いだ》きつつ、俺は一時間目の古文を聞いていた。

自慢ではないが（こう断っているということは、この先に自慢が来る）、俺の成績はかなりいい。高鷲ほどではないが、けっこういいのだ。

休み時間に談笑する友達もいないため、その時間を参考書を読んだり、問題集を眺めたりすることに費やすせいだ。友達が多い奴《やつ》と比べて、学校内の勉強時間がプラス一時間多くなる。

『ハヤヨミ英単語』に乗っている単語は掲載ページは当然として、例文もだいたい全部言える。自慢できるレベルだと思うが、自慢することがイコールで痛いことなので、できない。

なんで、勉強をする場所なのに勉強ですごい要素を自慢できないんだよ！　おかしいだろ！

アスリートだって成績がいいことを評価されるだろ！　人付き合い上手《うま》いからこの選手を雑誌

で特集しますなんてこと絶対ないだろ！

心の中でイラついたが、表面的にはトラブルもなく一時間目の休み時間になった。

話す相手もいないので、次の世界史のプリントを取り出す。暗記科目はぼっちに有利。

離れたところでは男子たちが集まって、ゲームの話をしていた。

「サルト湖で水のエレメンタル、仲間にできた」「マジで？　俺、風だけだ」「先にアイテムで強化しときたいな。月の雫《しずく》があと十五個くらいほしい」

ああ、あれは『エレメンタルなんたらストーリー』とかいうソシャゲだ。

俺もやろうとしたことがあるのだが、とある理由でやめた。

『リアル友達と多人数プレイのほうが楽しめる』みたいなことが強調されていたのだ。ふざけんな！　一人でも楽しめるようにしろ！　ゲームぐらい一人でじっくりやらせろ！

話題のアニメも開始五分で主人公の悪友が出てきたので視聴を終了した。悪友ポジションのキャラなど俺のリアルには存在しない！　その点は俺の心は狭いぞ！

俺は黙々と世界史のプリントを見る。お前たちが休み時間、楽しく遊んでいる間に俺はインノケンティウス三世についての知識を仕入れているのだ。もはや生没年まで記憶したぞ！　これの積み重ねで受験の時には俺が笑うことになる。つまり、ぼっちである奴《やつ》が入試では勝利する。ぼっちはリア充に勝つのだ！　だから俺はいくらでもこの無残な休み時間にも耐えられ
――やっぱり友達ほしい！　普通に楽しくしゃべりたい！

――こほん、というわざとらしい空咳《からせき》が聞こえて顔を上げた。

机の前に本を手に持った高鷲《たかわし》がいた。

「あなたのこと、ガリベヌスと呼んでいい？　ローマ人みたいでかっこいいでしょ」

「それ、由来が確実にガリ勉じゃねえか！　あと、あまり俺の至近距離に立つな。お前がドレインを受けて疲れるから」

高鷲は意外と距離感が近い。おそらく一メートル二十。俺の異能力を知ってる女子の中では多分新記録だ。なお、廊下とかでもっと接近した女子はほぼ逃げる。別に入った瞬間倒れるわけじゃないぞ。

おそらく長らく相手を威圧してきたからだろう。威圧には接近が有効だ。高鷲に話しかけられた女子はやりづらそうな顔をしていることが多い。

誰かが友達の多さ（と、心のきれいさ）以外で、高鷲に勝つことはほぼ不可能だ。

少なくとも、高鷲の態度を見る限り、友達作ろうとしてるというよりは敵と戦おうとしてるように見えるので、今後改善が必要だ。日常にファイティングスピリッツは不要。

ちなみに、高鷲の異能力は三秒間、目を合わせ続けなければ発動しない。

そりゃ、誰とも目を合わせずに生きるのはアイマスクでもしない限り不可能だからな。

なので、凝視《ぎょうし》しないなら、プライバシーを盗み見てしまうという問題も避けられる。

とくに教室であれを発現させると、ほかの奴らにばれる。

それでは同盟どころか裏切りだ。話にならない。

「喜びなさい。グレ君が友達をゲットする方法を調べてきたから」

高鷲《たかわし》は本を持ってないほうの手で、一瞬だけピースサインを作ってすぐやめた。

俺のためにそこまでしてくれる人間がいただなんて……！

「まずスマホで『波久礼《はぐれ》業平《なりひら》・友達・作り方』で検索してみたの。有益な情報は出なかったわ」

「すげえ安易！　ヒットしても怖いわ！」

「そうなのよね。だから、こういうのを図書館で借りてきたの」

高鷲は本を俺の机に置いた。

書名は『友達必勝法』。

「よくこの本、図書館で借りる勇気あったな」

「姉のカードで借りたわ」

こいつが自分の名誉のためなら親族でも犠牲にする性格ということはよくわかった。

「これの第五章『君でも友達になれる人がいる』という箇所が参考になるわ」

あまり会話の内容を知られたくないが、幸いクラスメイトは高鷲を心理的に、俺を物理的に避けようとしており、聞き耳も立ててはいないようだ。一般に一メートルも離れると友達同士で話してる感じは出ない。物の受け渡しもまあまあきつい。

「ずばり、あなたは誰とでも仲良くなれる系の人と仲良くなればいいのよ」

それから、高鷲はクラスの名簿を出して、俺の前に突きつけた。高鷲の本心を知ってる今でも、かなりの威圧感を覚える。「氷の姫」の名にウソはない。名簿は一か所、マーカーで黄色くなっていた。

野島大輔《のじまだいすけ》と書いてある。

「これは、一理あるな……」

彼はお菓子《かし》を作る異能力を持っている。

具体的に言うと、彼は手の平におさまるサイズのお菓子を作れる。ケーキとかは無理。

初対面のあいさつなどで、ぱっとお菓子を出せるのは見た目の印象もいいし、記憶にも残る。しかも人付き合いもいいので、男女ともに野島君には気楽に話しかける。

今も野島君の席で男子が「スナック菓子頼むわ。コーンポタージュ味」などと言って、野島君もすぐにコーンポータジュ味を出していた。

なるほど。話しかける動機があるうえに、もらう側も安いお菓子だから、注文もしやすい。

俺の容姿は話しかけるのをためらうようなコワモテじゃない。気さくな会話程度なら実現できるはずだ。やってみる価値はある。

「行ってきなさい。権力がない人間は体を張るしかないのよ」

「お前の人生哲学は肯定しがたいが、行かなきゃならんというのはわかる」

俺も席を立つ。いいかげん高鷲から距離をとらないといろんな意味で不安になってくる。少なくともこいつに罪悪感抱《いだ》くのは負けた気がする。

よし、落ち着け、落ち着け。おなかすいたからクッキー作ってくれって言うだけでいい。それでクッキーを食べてからの「マジ美味《うま》い！　これって○○の味に似てるよな」みたいな感じで商品名を言って、そこからお菓子《かし》の話題に持ち込めば向こうも乗ってくるはず。

「あっ、野島《のじま》君、お疲れ」とほかのクラスメイトを巧みに避けつつ、離れたところから俺は声をかける。

「業平《なりひら》、お疲れ～」

ちょっと語尾を伸ばすのが野島君だ。声も顔も中性的な感じがある。

「おなかすいちゃってさ、クッキー作ってくれない？」

ここまでは完璧《かんぺき》だ。俺は一メートル手前で立ち止まる。野島君は露骨《ろこつ》にのけぞったりしない。彼の中では許容できる距離感らしい。

「うん、いいよ——菓祖《かそ》よ、今こそ飢えし子羊に糖分を与えたまえ！」

野島君の異能力は言葉が必要なタイプだ。異能力の出し方は千差万別だ。

机にばらばらっとクッキーが出てくる。

よし、次は食べて、美味いと言うのだ。そこからお菓子の話題に広げる。

クッキーを口に入れた。第一声は「美味い！」だぞ！

「うえっ！　まずっ！　今年口に入れた物の中で一番まずっ！」

マジで吐き出しかけた。風雨に三十年さらされたコンクリートみたいな味がする！

まさか、わざとゲロマズにされたのか？　イヤガラセをされてるのか⁉

「えっ？　そんなことありえないでしょ。僕の作ったお菓子がまずいことなんて――うえっ！　カスカスのコンクリート食べてるような味！　むしろ無味！」

この反応だと、わざとまずくしたわけでもないみたいだ……。

とある可能性に思い至った。

「悪い。ちょっと、トイレ行くから、その間にもう一度作ってもらっていいかな？　俺の推理が正しいなら、次は味もまともになってるはずだ」

「う、うん……」

トイレから戻ってきて（ぼっちは休み時間おきにトイレに行く）、クッキーを口に入れたら普通に甘かった。

俺の力がクッキー作りに影響していたらしい。

野島君はプライドが傷ついたのか割りと落ち込んでおり、このまま作戦を続行するのは無理だった。

その時、殺気というか、妖気《ようき》みたいなものが体に走った。

何者だと振り返ると、高鷲《たかわし》が立っていた。

反省会のつもりで自分の席に戻ると、高鷲もついてきた。

「ねえ、どういうことなの？　あなた、一メートル以上離れてたように見えたけど」

こいつ、鋭《するど》いな。

「ドレインの一メートルって基準はあくまで基準だから、まったく影響ないってわけじゃないんだと思う。おそらくだけど、お菓子《かし》作ることには効いちゃったんだろ」

「わからなくはないわ。お菓子を作ってる時は普段と違うエネルギーを行使してる状態でしょ。正常な人間の基準値である一メートルの範囲外でも影響したってことね。その結果、味にだけ影響して、まずくしちゃったということか」

やっぱり高鷲《たかわし》は偏差値が高いのか、理解が早いな。

それにしても、おいしさを奪うなんて、なんて難儀な力なんだ……。

「つまり、あなたと誰からもほどほどに好かれるだけのまさに駄菓子な人間……野島《のじま》君は一緒《いっしょ》に行動するのにまったく向かないということね。彼にデメリットしかないもの」

今、野島君のことをひどいあだ名で呼んだな！

結局、一人目はあえなく失敗しました。

「職人の世界は道具に触らせてもらうまで三年かかって、一人前になるには二十年かかるというわ。友達もそれぐらい時間がかかるのかもしれない」

「三年たった時点で卒業してんじゃねえか」

高鷲は俺の前方一メートル半のところから話しかけている。

なお、床にビニールテープが貼ってあるので、それが目安になる。

俺の人権は侵害されてるが、テープを取っ払ってクラスメイトの健康を害すれば、俺が結局罪悪感に押しつぶされて、いよいよ友達など作れなくなる。これは外せない。

あと、前の席の一身田《いしんでん》さんはほかの場所で友達と話していた。高鷲がいたらどのみち戻りづらいよね。

「いや、お前のせいでとどめを刺されたようなものなんだけど……ああ、そういえば、作戦会議用にＬＩＮＥを使おう」

会話だけでやりとりすると、今後一身田さんに俺たちが何をやろうとしてるか全部筒抜けになりかねん。しかも秘密を知りたくもない人に一方的に教えるのって、それ自体がハラスメントっぽい。

少しの間、高鷲は返答をしなかった。

珍しい鳥でも飛んでますといった調子で、窓の外を眺めていた。

会話がストップすると、不安になる。ダメだとわかっているのに、目を合わせて心を読みたい欲望にかられる。

やっぱり、調子に乗ってると思われただろうか？　ぼっちがＬＩＮＥなんて、ゴリラが電子レンジを使うぐらいに分不相応《ぶんふそうおう》なことだと思われただろうか？

目は合わせちゃいけない。高鷲の異能力がクラス内にばれる。同盟が一日で崩壊とか、ただの人間のクズだ。

異能力を公開するのも黙っておくのも、それは個人のプライバシーの権利だ（ただし学校は異能力者であることを確認するために、全生徒の異能力を把握《はあく》しているが）。

えっちい能力や汚い能力もあるかもしれない。友達でも何でもない奴《やつ》の趣味《しゅみ》を事細かに知らないようなもので、ぼっちの異能力はあまり知られてない。高鷲《たかわし》が異能力を知られずに生活してるのがその証拠だ。

もちろん、気にせずにオープンにしてる奴もいくらでもいる。自分の個性と思ってる奴も誇《ほこ》りにしてる奴もいるし。あと、俺みたいな有害系は周知しないと危ない。

キモいならキモいと言ってくれ！　少なくとも、答えがわかる。無視はきつい！

間が持たなくなって、面白《おもしろ》くもないのにはにかみ笑いをしそうになりかけた時――

「いいわよ」

明後日《あさって》の方向を見ながら、高鷲は言った。声はうわずっているように聞こえた。

小さく左の手のひらを出して俺に向けて振った。

それがＯＫの合図ってことなんだろう。

友達はできなかったけど、ＬＩＮＥ交換はできました。

★

四時間目は異能力とその利用法という授業だ。この学校らしい授業である。

ものすごく噛《か》み砕いて言うと――

・火を扱える異能力者はキャンプ場で働いてます、なぜなら薪《まき》に火をつけられるからです。

・水を使える異能力者は消防署に就職しました。大きな火を消すことはできませんが、火が大きくなるのは防げます。歴史的にも古くから活躍しています。

――なんて、しょうもないことが書いてある。

異能力を就職に活《い》かすのは難しい。九割の異能力者は力と無関係な職に就いている。

炎ですべてを焼き尽くすとかそんな規模で火が使えるなら、戦力としてどっかの軍がラブコールを送るだろうが、九割がたの異能力はもっと地味だ。火とかならまだマシなほうで、どうすれば役に立つのかまったくわからないものも多い。

俺のドレインもそんな使い道がわからないものの代表格だ。人間を衰弱《すいじゃく》させたほうがいい職場なんて、ほぼないと思う。

非合法組織ならあるんじゃないかと言う奴は、自分が非合法組織に就職したいと思うか、一度考えてみてほしい。

「水だとほかにどんな使い道があるかな？　じゃあ、水を扱える竜田川《たつたがわ》さん」

異能力担当の恩智《おんじ》先生が、生徒会の副会長を指名する。

俺の右側の席、ショートボブの女子が立つ。それだけで胸がちょっと揺れた。

小学校から同じ学校同じクラスの生徒会副会長、竜田川《たつたがわ》エリアスだ。

いつ聞いても妙な名前だが、なんでも親が恵理《えり》という名前にするか明日香《あすか》という名前にするか迷った挙句《あげく》、両方入れたらしい。そんな銀行合併時の社名みたいな発想で名前つけるなよ。

いつものことながら、男子が顔の前に胸を見ているのがわかった。後ろの奴《やつ》が当てられたからって、わざわざ後ろ向くって、相当不自然だ。

さすが副会長だけあって立ってるだけで偉そうなオーラが出ていた。

中学の時は生徒会長だったし、あいつは人を支配するのがやたらと好きなのだ。

「先生、はっきり言って火事への対処など、水異能力にとれば実に些末《さまつ》なことです。水不足の解消、科学分野への応用、いくらでも使い道はありますからね。ふふんっ！」

こいつ、本当に口で「ふふんっ！」って言いやがった。こんなにてらいもなくドヤ顔する奴珍しいと思う。しかも、エリアスはわざわざ左手の俺を一瞥《いちべつ》し、

「その利用価値の高さは水の使い手が貢献《こうけん》レベルで軒並み５をもらってることでも明らかかと思います！」

なんてことを補足して着席した。くそっ、骨の髄《ずい》まで当てつけかよ！

エリアスは小学校以来なにかと理由をつけては俺を目の敵《かたき》にしてきたので、割りと苦手である。それは今も継続中だ。

ただ、偉そうにする理由はある。貢献レベル5ってことは、就職先が確保されてるも同然。手に入った異能力のせいで、こうも差が出るなんて、人生って不公平すぎる。

具体的に水でどういうことをする異能力かはっきり覚えてないのだが、実演のしづらい異能力も珍しくはないから、そういう系統なんだろう。

そんなふうにエリアスからの一方的な攻撃を受けてるなか、ＬＩＮＥにこんな通知が来た。

『グレ君、次はあなたの番だから』
『友達を用意しなさい』
『これが既読無視というやつ？』
『ちょっと、なんか言いなさい』
『もしもーし』
『虫だからって無視しないで』

最後の、俺が虫って前提じゃねえか。

『三代目隅《すみ》っこネズミ野郎 featuring メダカ三等兵』

昨日の嫌《いや》なあだ名がリバイバルしてるうえにアーティストっぽい！

授業中なんだから、打つ余裕がないんだよ。エリアスに注意されるかもしれんし。

どうにか、『放課後に善処する』とメッセージを送った。

逆に言えば、放課後までにアイディアを出さないといけないわけだが……どうにかしよう。

アイディアは探すのではない。産むのだ。

……ちょっとかっこいい表現だと思ったが、とくに産まれてもこなかったし、一切の解決に寄与しなかった。ただの自己啓発《けいはつ》ポエムだった。地道に考えよう。

★

放課後、俺は高鷲《たかわし》を校舎最上階の空《あ》き教室に連れてきた。机と椅子《いす》はまとめて、隅《すみ》にどけられて、前半分ががらんどうになっている。

最上階は階段の上り下りが面倒なので、文化部すら利用しない。

「ここに友達候補が現れるの？　それで気に入った子だけ『採用で』と言えばいいのね」

こいつが友達作れないの、上下関係を作ろうとしようとしてるからじゃないか？

「会社の面接でもする気かよ。だけど、少し惜しい」

俺は椅子を二つ向かい合うように置いた。一メートルは空けて。

高鷲を見たら、きっちりとそっぽを向いた。カメラ向けられた猫か。

異能力のせいなのはわかるが、端《はた》から見れば奇妙なこと、このうえない。

「椅子取りゲームをやって友達候補と親交を深める作戦なんて、論外だわ」

両手のひらを上にあげて、あきれたのポーズをとる高鷲。

「そんなしょうもない作戦やるか！　ここで、友達と会話するシミュレーションをやる」

俺は意図を説明する。

「高鷲に友達がいないのは、おそらく口下手《べた》だからだ。ほかのスペックは明らかに高い。リアルの友人関係のほぼすべてが会話から発生するからな。なので、そこが上手《じょうず》になれば、自然と友達も作れるはずだ。それにここだとお互いの異能力を気にする必要もない」

「グレ君が友達っていう設定よね。もうちょっと友達にしたい人のほうがモチベーション上がるんだけど」

「開始前から他人《ひと》の厚意を踏みにじるのやめような！」

「そもそも、ぼっちのあなたがシミュレーションで指導なんてできないでしょ。高校数学がわからない人が大学の数学を教えるようなものじゃない？」

指を差された。相手に対して、指を差すな。

「それはいかにも優等生らしい指摘だが、ちょっと違うぞ」

ドヤ顔で右手をちっちっちと振ってみたが、微妙にこっ恥ずかしかったので二度としない。

「ぼっちで一番後ろの席にいる俺は人間観察に最も適した立場にいる。ぼっちじゃない奴《やつ》でも痛いこともも寒いこともする。そういった情報を俺は集積しているわけだ！」

「野球中継を何試合分見ても、プロにはなれないわよね」

「的確なたとえで講師役をやりこめるの禁止な！」

くそっ！　はじめる前からやめたくなってきた！

俺は椅子《いす》に座る。

高鷲《たかわし》も椅子に座った。腕を組んで。

「腕組んで友達と会話する奴《やつ》いないだろ！　もっとニュートラルな感じでやれ！」

「ごめんなさい。相手に舐《な》められないように強気に出る癖《くせ》があるの。舐められたら負け」

こいつはコミュニケーションを勝ち負けで判断しすぎ。

「気を取り直して、シミュレーション開始。俺を友達だと思って、何か話題を振ってみろ」

頬《ほお》に人差し指を当てて、天井のほうに視線をやりながら。高鷲は思考していた。

そのしぐさだけなら、自分をどう演出したらかわいく見えるか理解している美少女のそれだけど、高鷲の場合、他人に視線を合わせないための自然な態度が身に付きすぎているといったほうがいい。

心を出してしまう異能力がなければ、こいつの人格ももっとまともだっただろうに。俺もそうだけど、異能力が悪い。俺たちは悪くない。いや、高鷲はまあまあ悪いかな……。

「死んで虫に生まれ変わるとしたら何がいい？」

「……一つ確認しておくが、鬱陶《うっとう》しい男を避けるためのシミュレーションじゃないぞ」

「あら、友達に対して言ったんだけど」

悪意なしでそれかよ。しょうがないので、無理矢理話を合わせる。

「じゃあ、バッタかな……。なんか、ジャンプ力高くて楽しそうだし」

「うん、お似合いだわ。どこまでも遠くへ跳んでいきなさい」

褒《ほ》められてる気、まったくしないな。それと、真顔で言われても困る。難しいのかもしれないけど、笑顔を覚えていってほしい。今のを笑顔で言われても、それはそれで嫌《いや》だけど。

「じゃあ、高鷲はなんの虫に生まれ変わりたい？」

「は？　虫になんて生まれ変わりたいわけないじゃない」

何を当たり前のこと言ってるんだという顔で高鷲は言った。

「そういうとこがダメなんだよ！」

俺は思わず立ち上がった。あくまでも立ち上がるだけだ。異能力の関係上、接近はできない。

「そういう、人を小ばかにしたり、けむに巻いたりする態度をとる限り、永久に友達なんてできないからな！　相手を自分と対等と考えないと無理だからな！」

「グレ君、私と対等だと思ってたの？　同じ武士でも、譜代大名《ふだいだいみょう》と浪人《ろうにん》ぐらいの差があるわよ」

「だから、友達って設定でやってくれ！　波久礼業平《はぐれなりひら》の要素は一度捨てろ！」

「わかったわ、バッタ君」

「ここでかぶせてくんな！」

くそ、この女、人をおちょくることに関しては、天才だな。まあ、学業の成績的な意味でも天才としか言いようがないけど。

ここまで真顔でおちょくるってことは同盟を続けるなんて、どだい無理なんじゃないか。事実上の解雇通告なんじゃないか？

――と、会話がそこで途切れた。

「…………」

「…………」

気まずい。

何を言えばいいか、お互い出方を探ってるのが、なんとなくわかるけど。リア充はこういう時、どうしてるんだろう。

昔、ラジオを聞いてたら、「会話が途切れてても心地《ここち》いいままで気にならないのが親友なのだ」とDJが言っていた。だとしたら、俺たちは親友ではないな。二、三日で親友とか厚かましいが。

さっきちょっと偉そうにしてしまった自分を殴《なぐ》りたい。このぎこちなさを解消できん。

でも、高鷲《たかわし》も会話復活の糸口は探ろうとしていた。向こうから俺の顔を見つめていた。

だから、自然と視線が数秒重なり合っていた。

突然、電光掲示板が出てきた。

【気まず……】

うん、俺も同じだ。実はしょうもない会話を延々とやって爆笑してる喫茶店にいるリア充とか、とてつもない高等技術の使い手なのではないか？

【もしかしてグレ君怒ってる？　でも、謝り慣れてないから、どうすればいいかよくわからないな。茶化しすぎたかな……】

　さっきまでのも冗談のつもりだったのか。

　表情は部屋に入ってからほぼまったく変わってないけど、感情の変化はあるらしい。

　そっか、ぼっちでコミュ症の奴《やつ》は、ほかのぼっちにも誤解を与えてしまうんだな。

　俺も反省だな。相手はゼロからの出発をしようとしてる。非常識なミスだってたくさんやるだろう。教師役として導いてやらねば――

【ここで涙の一つでも流せたら、一方的にグレ君が悪いことにできて楽なんだけど。そんなにすぐには泣けないな】

　やっぱり、こいつ、性格に難があるな……。

【ああ、それはグレ君を陥れるみたいだから、よくないのかしら】

　いや、でも、こいつにも人間らしい心があるんだな。

【けど、このままずっと黙り続けてれば、なんかグレ君のほうに責任がある的な空気になるから別にいっか。こういうのは先に下手に出たほうが負けだし】

　二人しかいない時にそんな駆け引きしてくるなよ！

「あのさ、私に視線合わせるのやめてくれる？　続けるというなら、グレ君から『小物界の大御所、波久礼業平《はぐれなりひら》』にあだ名を変更するから」

あだ名に本名をフルで入れるな。高鷲《たかわし》の口調はかなり攻撃的だったけど、

【視線が合ったところで、相手のことなんてわからないし、気まずさが倍増して、落ち着かないだけね。何が正解なのかさっぱりわからない。どうして義務教育でコミュニケーションを学ばせないのか本気で謎《なぞ》。あと、もう視線はずしたい……。けど、ここで視線をはずしたらこの男に負けたみたいな空気にならないかしら……？】

なんか俺に対して失礼なことを考えてるな……。

ただ、高鷲が視線をこっちに向けるだけでも相当疲弊《ひへい》していることはわかった。これですぐに視線を合わせるというのは酷かもしれん。

それと、その考えは俺が抱《いだ》いてる悩みとすごく近かった。

「悪かった。視線ははずす……。いつのまにか合ってたから、次は気をつける……」

ここは仕切り直しをしないとダメだ。

「気持ちを切り替えて次に行くぞ。次は趣味《しゅみ》の話とかを友達にしよう。たとえば、音楽の話とか。俺はいつ友達ができてもいいように、一般的な高校生の趣味はどのジャンルも幅広く押さえている。あっ、適切なたとえでディスるのは禁止な」

「いつ、隕石《いんせき》が落ちてきてもいいように、地下シェルターに住み続ける生活、お疲れ様」

禁止って言ったのに、ディスりやがった。

「趣味の話なら、私でもできるわ。私もまあまあ多趣味だから」

高鷲もやる気のようだ。俺も協力してやろう。

「グレ君、今、私がよく聞いてる音楽の話、付き合ってくれる？」

「もちろんだ。なんでも言ってくれ」

その時、電光掲示板にものすごく多量の専門用語が並んだ。

どうやらシューゲイザーというジャンルのバンドらしいが、並んでるバンド名がすべてわからない……。

「それでね、これはカナダのバンドですごくかっこいいんだけど、スタジオ借りる費用もないぐらい貧乏で、クラウドでスタジオ代集めてやっとニューアルバムを作ったの。多分、全世界で二千枚ぐらいしか売れてないけど。でも、まだ二千枚なんてマシよ。通販で五百枚とかしか売れてないバンドもいて――」

高鷲の話はまるで呪文みたいだった。しかも顔は変わってなかったのに、目が生き生きしていた。鳥籠《とりかご》から逃げ出して初めて大空を飛んだインコみたいな顔をしている。そのあと、インコは途方に暮れそうだけど。

シューゲイザーの次はテクノに飛んでいた。そこのアーティスト名もすべてわからなかった。

ヤバい。

こいつ、無茶苦茶《むちゃくちゃ》掘って聞くタイプだ！

かっこつけてマニアックなバンドやわざと古いバンドを聞いてるタイプとも違う。そういう奴《やつ》はまだ聞くものが特定のところに固まってくるからどういうバンドやアーティストの話をすればいいかわかる。こいつは本気でマニアックなので対応できん！

「私、あまりヴォーカルで聞かせる曲は好きじゃないの。海外だともうちょっとインストの扱いもいいんだけど、日本だとウタモノばっかりだし。それだと音楽の幅も制限されちゃうと思わない？」

「うん、そうだね……」

マジかよ、ヴォーカルという存在自体否定されたら、音楽談義、ほぼ詰《つ》んでるだろ。

いつもよりテンション高めな高鷲《たかわし》には悪いけど、この話は切り上げさせてもらう。明らかに趣旨《しゅし》が変わってきている。

「あのさ、高鷲、スポーツの話にしようか。どんなスポーツが好きかな？」

今度は電光掲示板にとてつもない量の漢字が並んだ。

しかも、フォントがこれまでと違う。

なんか、こう、落語家フォントみたいな。

「たしなみ程度だけど、相撲《すもう》ね」

ああ、漢字の山は力士名か……。

そのあと、俺が知らない名前の横綱や大関の名前が出てきた。

それもそのはずで、七十年代や八十年代の力士だった。

うん、だいたい、高鷲の問題がわかってきた。

好きなジャンルを自分との戦いとばかりに異様に究《きわ》めている！

しかも、本人は賢いから余計に他人の追随《ついずい》を許さないところがある！

九十二年名古屋場所の優勝争いの話とかされても、食いついてくる奴はいないぞ。生まれてもいない時代だぞ。友達に合わせるという前提がない。

これは予想外にハードだ。ひとまず一度、話を止めよう。

お前の話だと、友達を作るのは難しいと正直に伝えよう。

しかし、その時、不意に俺は見てしまった。

ずっと仏頂面《ぶっちょうづら》だった高鷲に、純粋な笑みが宿るのを。

さっきの生き生きとしていた瞳《ひとみ》が、ついに笑顔にまで結実したんだ。

きっと好きな話題を好きなだけ話して、表情までやわらかくなったんだ！　美少女のオフの時の素顔、しかも笑顔。それにこんな破壊力があるとは。これだけで人生生きていける。

「どうしたの？　もしかしてつまらなくて寝ちゃった？」

おだやかな顔も一瞬のこと、不信の目が俺を見つめていた。

笑顔に見惚《みと》れていたのがばれたと思って、心臓が止まるかと思った。

「いや、何でもない……。つまらなかったのは事実だけど、寝てはいない」

「つまらない!? ここは一緒《いっしょ》になって盛り上がるところでしょ?」

ぱしぱしと高鷲《たかわし》は椅子《いす》を叩《たた》いて、抗議してきた。

「それは無理だ! みんながみんな、お前と同じスペックと興味は持ってない!」

「大丈夫よ。興味ない人間にもじっくり楽しさを教えてあげるから」

いかん。このままどこかの女子に特攻しても失敗する未来しか見えない。

「あのな……相手側に合わせるという意識を持つんだ……。相手のが知識や情熱で劣ってると思っても、そうしないと絶対上手《うま》くいかない……」

「なんで劣ってる側に合わすのよ。こっちが好きなだけ高めてあげるわ。それぐらいの成長意識がなきゃ、何をやってもダメよ」

出たな、意識高い系ぼっちの、典型的なメンタリティ!

意識高い系ぼっちとは、①レベルの低い者はそこから脱出するために勉強するべき、②友人は互いに高め合う関係だからこそ価値がある、といった価値観を持っている連中だ。

これまで、いろんな種類のぼっちを見たり、ぼっちの情報を収集したりしてきたが、ほぼ正解だと思う。

そして、こういう奴《やつ》はぼっちの中では行動力があるので、社会人になるとどうにかなるケースが多い。社会に出れば似た価値観の奴も見つかりやすいというのもある。

その分、矯正《きょうせい》は難しい。

「たしかに、お前の言ってることは正論だ。だが――」

「正論なら、何も問題ないじゃない。ほかのジャンルでも、愛を熱く語る人間がいれば、話を聞いてあげてもいいわ」

だから、違うんだ……。

まず、こいつは世間一般の〝友達〟がわかってない。

友達って、そりゃ同好の士の間でも成立するけど――

高校のクラスで作る友達ってそういうのじゃないんだ……。

もっと、ゆるふわでなきゃダメなんだ！　クラスに同じ趣味《しゅみ》の奴がいればありがたいけど、三十人や四十人の中に見事に合う奴なんていない！　だからお互い、無難な話をクッションにして会話を楽しむんだ！

だけど、それをどう言葉にしても「ふざけるな」と言われる。高鷲はもっと純粋なのだ。

友達がいなかったからこそ、それに対する期待が信仰対象のごとく高まっている。多分、友情とあとで語れるぐらいの友達関係でないと納得しないだろう……。

俺は左手で頭をかいて、シミュレーションの終了を告げた。

「結論から言うと、課題が想像以上に多い。お前、思ったよりも重症だな」

「教え方が悪い」

いるよな、とりあえず他人のせいにする奴……。

高鷲《たかわし》はちょっとむくれていた。子供か。

「そもそも論だけど、高鷲は他人に異能力を知られたくないんだろ。目を合わせないまま友達を作るって、一般人でもまあまあハードだからな」

今も、高鷲は視線を長時間合わすのを絶妙に避けている。声で会話は成り立つが、異能力の事情を知らなければ話す相手は苦手意識を持っていると考えるだろう。

「だって、友達一日目や二日目で心を読まれたら、だいたいろくでもないことが書いてあるでしょ。その時点で友達関係は破綻《はたん》するって」

高鷲ほどみんな性格がゆがんでないと信じたいけど、意味はわかる。

心の声に【こいつと友達になろう。気弱そうだし、大丈夫だろ】とか書いてあったら、相手に不信感を与える。とはいえ、大丈夫そうな人間を狙《ねら》って話しかけること自体は普通なのだ。

問題はそれが言語化されるかどうかだ。

本音で話せる友達がフィクションだと賛美されたりするけど、それが成立するには長い積み重ねが必要だ。会った初日から互いに好感度マックスなんてことはない。

「でも、私としてはものすごい成長を感じたんだけど」

「この次元で⁉　どんだけプラス思考なんだよ！」

悲観的なのよりはいいと褒《ほ》めるべきか迷う。

「ちなみに具体的にはどこが成長したんだ？　まったくわからんから、普通に気になる」

「う〜んとね……。ええと、ほら、そういうの……」

高鷲《たかわし》は右の人差し指で左の手のひらをとんとん叩《たた》く。リズムを作って何かを見つけようとしていた。

単語が出てこないのだろうか。視線が天井のほうにちらちら向いている。

「視線合わせないでね」

「今、視線を合わせられた場合、俺は天井に張りついてることになる」

相手の言葉を待つのもコミュニケーションで大事と聞いたことがあるので、俺は待った。

見上げてる顔の高鷲はそこまできつい表情には見えなかった。

「男子とこれだけ会話のキャッチボールが続いたの、人生で初めてかもしれない……」

そう来たか。

キャッチボールというか、硬球を百五十キロで一方的にぶつけられた印象なんだが。

同性にすら異能力を隠し通せてたなら、男子と話す機会なんてなかったよな。

ただでさえ、「氷の姫」に男子も近寄りがたいオーラを感じてたし。

よほどの出会い系マインドの奴《やつ》でない限り、声もかけられなかった。

「だから、あなたとしてはよくやったと思うわ」

顔は笑ってないけど、褒《ほ》めてくれてるという判断でいいのかな。いいんだよな。

「ありがと」

高鷲って、お礼はちゃんと言うんだよな。天井にお礼言ってるように見えるけど。

「じゃあ、次は私と趣味《しゅみ》が合う女子を見繕《みつくろ》ってきて」

「基本が待ちの姿勢！」

まだまだ、高鷲が友達を作るまで先が長そうと感じた。

「さてと、今度は私がグレ君に友達を提供する番ね」

そうか。これ、交互に実験をやっていく流れなんだな。

「せいぜい、期待することね」

高鷲が邪悪な笑みをたたえていた。

どうしてそこだけ表情バリエーションが豊富なんだよ。

★

次に高鷲が何をするのか、びくびくしながら待っていたが、しばらくは平穏《へいおん》な時間が続いていた。

ＬＩＮＥで朝と夜に『考え中』という文字列が送られてくるだけだ。

俺としても、とくに何も返す内容がないので『了解』とだけ送る。

結果、『考え中』『了解』『考え中』『了解』『考え中』『了解』が並ぶという、餅《もち》つきのかけ声みたいな現象が起きた。確実に友達同士のＬＩＮＥではない。

木曜の夜も、ベッドの上でだらだらしていたら『考え中』の文字が飛んできた。友達の間なら「今日、何食べた？」みたいなどうでもいいやりとりが成立するのだが、それには至ってない。

「やはり、ぼっち＆ぼっちでは状況を打開できないんじゃないか……。いや、弱気になるのが早すぎるよな……」

『朝に、シミュレーション室で集合ね。話し合いたいから』

五階の部屋に変な名称がついた。ほら、高鷲《たかわし》もどうにかするために考えてるんだ。

「俺も弱気になっちゃダメだよな」

少なくとも、あいつの努力が見えて、ちょっとなごんだ。


「やっぱ、ぼっち＆ぼっちで状況は打開できないんじゃないかしら」

空《あ》き教室に入った途端、開口一番、高鷲に言われた。

「それ、俺も昨日、考えた……」

「過去にさかのぼってパクってくるなんて高度に卑怯《ひきょう》なことはしないでよ」

「何がなんでも俺を卑怯者にする方針かよ……」

高鷲は腕を組んで、低血圧でイライラしているような顔をしていた。こいつの場合、一日中こういう顔なので、おそらく低血圧なのは関係ない。

「けど、早いうちにどうにかしたいのよね。今、五月もなかばだし」

「どういう意味だ？」

六月は友達を作りづらいシーズンだとか、そういうのあるのか？　マリッジ・ブルーならぬフレンズ・ブルー的な。

「友達がいないまま夏休みを迎えてしまうと、二学期以降の状況が固定化されてしまい、二年生の間、ずっとぼっちなのはほぼ確定よ」

「ほ、ほんとだっ……！！」

さすが学年成績トップ、的確な読みだ。

お先真っ暗で、俺はその場にうずくまって頭を抱《かか》えた。

「……ていうか、俺は中学からそれを何度も積み重ねてきて、友達いない歴更新中なんだよ！」

夏休みが来てしまったら、一か月の間、同じクラスで顔を合わすことはなくなる。

それまでわずかながらに流動的な要素のあった人間関係も完璧《かんぺき》に固まってしまい、二学期、三学期とその態勢でクラスは続いていくのだ。

夏休みのうちにキャラを変える二学期デビューという言葉もあるが、あれはデビューしようという意志でどうにかできちゃう人間にしか関係ない。あと、あれって見た目を変えるのがメインなのであって、見た目を変えても俺の異能力は何も変わらないのだ。

「七月の期末テスト後は出席日も減る。つまり、二か月ほどでタイムリミットってことよ」

「どうしよう……。マジでどうしよう……」

テストまでまだ日があると油断していたら、いつのまにか三日後に迫ってたって時の心境に似ている。

「だから、私、考えたの。付け焼き刃でも、リスクがあってもそこに踏み込まないといけないって。逃げている限り、私たちは敗者なのよ」

表情は冷静なままだが、高鷲《たかわし》の言葉には熱量があった。

「だよな。努力次第で友達だって作れるよな！　異能力というデメリットだって変えていけるよな！」

「グレ君、リスクという大海原に踏み込んで」

「あれ？　これ、俺がとんでもないことをやらされる流れ……？」

こいつは自分の貸し出し履歴を汚さないために、姉の図書カードを使った女だ。親族ですらそうなのだから、俺が生贄《いけにえ》として捧《ささ》げられる危険は十二分にある。

「大丈夫。次の作戦は私も同行する。むしろ、グレ君だけだと参加自体を断られるし」

まだ何かわからないが、とんでもないところに連れていかれようとしているらしい。

「今日の放課後、作戦を実行するわ。勝利の可能性はせいぜい一パーセントしかない。でも、その一パーセントにグレ君は賭《か》ける」

百回に一回しか成功しないことに強制参加させないでほしい。

予感は的中した。

俺は高鷲に連れられて、駅前のとある施設に連れていかれた。

「カラオケ屋敷　駅前店」とでかでかと書いてあった。マスコットキャラらしきカエルが楽しそうにマイクを握《にぎ》っていた。こいつ、「カエルのうた」しか歌わなそうだな。

「クラスメイト含む数人の二年生が男女で歌ってるわ。そこに私たちも加わるの」

「待ってくれ、高鷲」

鏡がなくても俺の顔が青くなってるのがわかる。

「それはいくらなんでも無茶《むちゃ》だ！　死ぬぞ！　俺はまだ死にたくない！」

放課後に男女でカラオケって、そんなことしてるのは、スクールカーストでもトップ層に位置する奴《やつ》らだけだ！　だいたい個室に俺が入ったら危なくないか!?

高鷲の腕をつかみたかった。力ずくでも止めたかった。でも、そんなことはできない。俺には他人に触れる権利がないのだ。肌同士の接触じゃなくても、ゼロ距離になればかなり相手に負担となる。

まあ、異能力がなくても、女子の腕をつかむなんてできなかっただろうけど。

どうやって高鷲を止めるべきか悩んでいたら、逆に高鷲のほうが俺に近づいて、腕をとった。足も顔も店の中に向いている。

「行くわよ。どうせ死ぬなら戦って死ぬのよ」

「おい、衰弱《すいじゃく》するぞ！　あと、俺が死ぬ前提なのも、どうなんだよ！」

それでも、高鷲《たかわし》は足を止めなかった。

俺をつかむっていうのは相当な覚悟がないとできない。

三十秒ほどで強い倦怠感《けんたいかん》が現れて、一分もすると体調が悪い時はその場で動けなくなる。三分つかんでいれば命に関わるが、その前に二分で意識を失って、手を放すだろう。つまるところ、強烈《きょうれつ》な有毒物質みたいなものなのだ。自虐《じぎゃく》じゃなくて事実なのが悲しい。

「わかった。行く。行くから手をどけてくれ。カラオケの部屋に入る前に倒れるぞ」

俺たちは戦う者の顔で店のエレベーター前にまで来た。少なくとも陽気に歌う気はない。

「俺は歩いていく」

「エレベーターの乗車時間なら耐えられるでしょ。一緒《いっしょ》に乗るわよ」

すでに部屋の番号は高鷲が下調べしているのだろう。友達のいないこいつがどこでその情報をつかんだのか謎《なぞ》だが、天才には何か方法があるのだと思う。

気分はさながら池田屋《いけだや》に乗り込む新選組だった。

放課後にカラオケに行く奴《やつ》らのところに突入する、決死行も同然である。

エレベーターの中は異様な緊張感《きんちょうかん》に包まれていた。隅《すみ》に身を寄せて一ミリでも離れようとする俺はまさしく隅っこネズミ野郎である。ほかの無関係な客が乗ってないのが、せめてもの救いだ。

秘密裏に行われている軍事会談でも、ここまでの空気にはなるまい。少しずつ階層の表示が上になっていく。

「なあ……勝算はあるのか……？」

「グレ君、織田信長《おだのぶなが》はどうやって数倍の兵力を擁《よう》する今川義元《いまがわよしもと》を討ったと思う？」

「え、歴史クイズ……？」

「答えは——敵本隊を直接叩《たた》いたからよ。友達を増やすなら、最も友達になれそうにない連中に近づくべき。リア充と友達になれるなら、後は世界七十億の誰とでも友達になれるわ」

なるほど。そういうことか。

「つまり、たんなる玉砕じゃねえかっ！」

「往生際《おうじょうぎわ》が悪いわ。グレ君、言ったじゃない。『どうせ死ぬなら戦って死ね』って」

「それ、さっきのお前の言葉だよ！　なんで俺の名言にしてんだよ！」

どうする？　刻一刻とゴールに近づくエレベーターの中で俺は考える。手を握《にぎ》って、高鷲を短時間気絶させるか？　時間をおけば、高鷲も一時の気の迷いで無謀《むぼう》なことをしてたと反省するだろう。

だが、女子生徒の手をぼっちが握ることなどできるだろうか。

できない！

じゃあ、手以外なら――もっと無理だ！

ゆえに、俺は高鷲《たかわし》を止められない。かといって、高鷲一人を残して、ここから去るだけのクズ力《りよく》もない。高鷲が心配だからついていくしかない！

世の中の選択肢《せんたくし》には無限の可能性があるように見えるが、あれはウソだ。RPGみたいに「はい」「いいえ」の二択ぐらいしかないことのほうが多い。俺は状況のレールから外れられない！

「あとね、わ、私も、戦うから……」

うつむきながら、こわばったような手を握《にぎ》りしめながら、高鷲はつぶやいた。高鷲だって、決して平気ってわけじゃないのだ。

耳障《みみざわ》りなエレベーターの電子音声がこう告げた。

『八階デス』

最初、「八回DEATH」に聞こえた。八階に来てしまった……。

「大丈夫、八という漢字は――」

「末広がりって言うよな」

「八方ふさがりの『八』でもあるわ」

「なんで、不吉《ふきつ》なほう言った!?」

カラオケボックスの通路を歩く。部屋全部で毒ガスが出て、人が死んでるような気がした。

「すいません、二人入れてもらえますか？」

高鷲がドアの一つを勢いよく開けた。

すかさず女子三人から「げっ……『氷の姫』じゃない……」なんて意味の視線が飛んできた。

確実に招かれざる客だ。学年トップの成績と学年トップの毒舌を合わせ持つ高鷲えんじゅという存在は、同性からは触れてはいけないものとされている。

広めのパーティルームの中には、向かって左手に男子三人、右手に女子三人。広さ的にはみんなに端に寄ってもらったほうが無難だけど、詰《つ》めろと言ってるのと同じなので言いづらい！

なんだ、この合コンみたいなセッティングは。合コンなんてはしたない。十八歳未満禁止じゃないのか？　まず合コンという名前がいかがわしい。

けれど、妙だぞ。いくら招かれざる客と思われようと、文字どおり招かれてなければ高鷲でもさすがに入れないはずだ。だとすると女子三人の表情が露骨《ろこつ》で不自然だ。高鷲が来るのを了承したんじゃないのか？

「あっ、悪い。カラオケの話を聞いたって、高鷲さんに言われて……。もう一人来るとは知らなかったんだけど……ああ、ドレインの人か……」

すごく申し訳なさそうに髪を染めてる男子が弁明した。本気ですまなさそうな顔されると俺も傷つくんで少し悲しい。

そうか、高鷲の席はクラスの真ん中あたりだ。高鷲は男子の会話を盗み聞きし参加を求めた。この男は女子率が上がるからラッキーだと考えたのだろう。

成績みたいに順位はつけづらいが、高鷲《たかわし》が美少女であることは客観的事実だ。女子慣れしているリア充系男子なら、いくら「氷の姫」とはいえ、来たいと言われれば断ることはない。

俺は高鷲と対面で一番ドア側に腰を降ろす。右半身はほぼソファーの外だ。

「高鷲さんってどんな曲歌うの？」「ねえ、何飲む？　フロントに連絡入れるよ」

男子たちが早速、高鷲に声をかけていく。

これがリア充の実力か！

こいつら、ひとまず女子をキープしようって精神がモロで、いっそすがすがしいな。もともといた女子たちも、その豹変《ひょうへん》ぶりに気を悪くしていたのがわかった。

しかし、男子たちのほうが人間の本能としては正しい。

俺も友達を作るなら、これぐらい貪欲《どんよく》に話しかけていくべきなんだろう。

でも、そんな能力はない。社交的なふるまいというステータスがゼロに近い。

あと、ここは狭すぎる。

「あれ、なんか……気分悪くなってきたかな……」

女子の一人が言う。

「あっ、多分、業平《なりひら》君がいるせいだよ。彼、近くに人間がいると体力吸収しちゃうから」

そう答えた、その女子は同じクラスの奴《やつ》だった。ただの事実を言われてるだけなのにつらい。

「一メートルの人だよね。腕にとまった蚊が死ぬんでしょ」

ほかの女子が顔をゆがめて言った。そんな威力はないぞ！　恐怖が増幅されて都市伝説みたいになってる！

カラオケボックスという密室空間に俺がいるなんて、すでに小さなテロなのだ。

「た、多分これぐらいの距離だとギリで大丈夫だと思うんだけど、一応奥に行くわ……」

俺は自発的にU字状のソファの先に進む。男子側を通った。苦笑いが見える。表情ってすぐ出るよな。これが一番影響を与えないポジションだ。最奥に俺がいて、眼前で高校生がそれぞれの思惑を胸に動いている。高鷲は超然と。男子は高鷲狙《ねら》い。その他女子は反高鷲。

俺は神として人間の営みを見つめる席の位置。祟《たた》り神だろうけど。

高鷲はなんだかんだで男子から話しかけられていた。

返答は「ごめん、意味わかんないんだけど」とか「ううん、興味ない」とか、冷淡極まりないものだが。

そりゃ、そうだ。友達を作る時に異性から狙う奴はいない。高鷲もそうだ。なので、今の男子たちはラスボスに即死系魔法を延々と唱える僧侶キャラみたいなことをしている。

それでも誰かが歌う合間に、男子ズはめげずに話題を振り続けていた。もう、歌を歌うことは確実に目的からはずれている。お前ら、アーティストに失礼だぞ。

だが、ためにはなる。

このリア充たち、「何度も打席に立てばそのうちヒットも打てるさ」戦法を使っている！　たとえば、あまりモテない人間でも二十人にアタックを繰り返せば一人ぐらい付き合ってくれる可能性はある。

少なくとも、一人に焦点を定めて一か八かという勝負に出るより勝算は高い。

こいつらは片っ端から女子に声をかけることで、彼女や女友達を手にしている！

普段は敵視しているリア充だが、この点は敬意を表さざるを得ない！　俺にこんなコミュ力はない。こんなの、高確率で避けられるじゃん。俺なら、一回手ひどくあしらわれただけで心がズタズタになる！　人間関係を広げるためには心を殺さないといけないのか……？

高鷲《たかわし》も疲弊《ひへい》していた。何度もジュースのグラスをとっては低いテーブルに置いていた。

俺にはわかる。あれは自分から話す話題がない場合に少しでも時間を稼《かせ》ぐ行為だ。ジュースを飲んでいる時は話をしないのは当たり前だよね、ということを主張しているのだ。

この時間、高鷲にとっても試練の時なのは違いない。

一方で、もとからいた女子三人は三人でなにやら話をして、笑っていた。

明確に高鷲側に壁を作って、それを壊す気はない。友達候補じゃなくて純粋な敵だった。

俺だけが一人取り残されていた。

女子とか男子の声、とくに笑ってる声がやけに大きく響《ひび》いた。

飛び入り参加だけど、普通に無視されている。

「ああ、やっぱ、こうなんだ」

男子の一人が最近売れてる青春を切なく綴《つづ》ったバンドの曲を歌っているなかで、俺は一人、つぶやいた。

声はもちろん誰にも届かなかった。届かないとわかっていたから、言えたのだ。

「同じ場所にいるだけじゃ、何も変わらないよな」

俺はスクールカーストの外側にいる人間だからだ。

そのことを知ってるカースト上位層は俺をいない者として扱う。

彼らがひどいのではない。それが正しい選択なのだ。

だいたい、ほかに誰一人として友達がいないような奴《やつ》と仲良くなろうと思う人間がいるだろうか。仲良くしてやったら、そいつは、ずっと自分にからんでくるんだぞ。

確実に鬱陶《うっとう》しい。

俺が逆の立場だとしても、同じことをする。

財布《さいふ》を落とした奴に電車賃を貸すとか、そういう一度限りの、それも物質的な善意なら別だ。物質的な情けはかけやすい。

友達いない奴のために友達になってやるなんてことは善意の範囲を超えている。

一人ずつが歌い終わるごとに、ほかの奴らが「よかった！」とか「歌うまっ！」「神来た！」とか声をかける。

そういう時には、俺は黙っている。

友達でもないのに何か言うのは失礼だからだ。まして話しかけるにしては離れすぎている。

部外者が楽しそうにするのも悪い気がして、つまらなそうな顔をしていた。だけど、つまらなそうにしていることも、また迷惑なのだ。すりぬける異能力を手に入れて、壁の中に逃げたい。

ああ、嫌《いや》な状況だ。親しくない集団の中で楽しそうにしてるのも気持ち悪いし、幸薄い顔でそこにいるのも邪魔という現象。これを俺は『ぼっち気まずすぎ現象』と呼んでいる。

こうなったら、もうおしまいなん――

「グレ君、次よ」

高鷲《たかわし》がそう言って、俺にマイクをまわしてきた。

そのやりとりだけで、俺は救われた気がした。それぐらい、部屋の中で断絶していた。

「私からワンポイントアドバイスね。ウケ狙《ねら》いでふざけた歌詞の曲をやると、氷河期みたいな空気になるから」

「わかってる……。中学の時に経験したことある……」

友達同士なら、「なんだよ、その歌！」と盛り上がる変な曲も、赤の他人がやれば誰も笑わずネタにもせず、いっそ殺してくれ！　と叫びたくなるような事態になる。

大丈夫だ、高鷲。俺だって戦わずに逃げたりしないからな。

流行《はや》ってる曲は知っている。高校生でよく歌われているバンドをチョイスした。ここで場の空気を塗り替えるほどにかっこよく歌ってやるっ！

全身全霊でマイクを握《にぎ》りしめた。

歌はそれなりに上手《うま》い自信があった。音程も完璧《かんぺき》だと思った。

だが――誰も俺のほうを見てもいない。

女子三人は次の曲を機械で探したり、ドリンクメニューを見たり、スマホいじったり。

高鷲も男子にＬＩＮＥか何かを聞かれたりしていた。間奏のタイミングで、こんなやりとりが聞こえてきた。

「私のスマホ、旧式だから……最大三人しか登録できないの……」

「じゃあ、ほかの奴《やつ》、切ってよ」「ちょっ！　姫、冗談のレベルも姫クラス！」

「あなたたち……キャラ的に殺人鬼に冒頭で殺されるタイプよ……」

「大丈夫！　俺、中学まで柔道習ってたから！」「口裂け女だったら会ったことあるよ」

高鷲が無表情ではなく、「邪魔……」という顔になっていた。ふだんの高鷲はあそこまで嫌そうな顔にはならない。波状攻撃のダメージが効いている。

「登録だけならいいけど……どうせ既読無視するわよ……」

「それでもいいって。教えて、教えて！」「じゃあ、俺も！」

俺はそれきり視線をテレビ画面に向けて、部屋の様子を観察するのをやめた。

歌の上手さとか、マジでどうでもいいのだ。

これが高校生がバンドやる漫画とかなら、俺の歌にみんなが聞き入り、それでバンドやろうぜとか声をかけられるみたいな展開になるはずだが――聞いてもらえもしない。

人気アーティストの曲だろうと、無駄なあがきだ。俺が孤立しているんだから。孤立してる人間が歌った歌に価値はないのだ。

女子なんて二人もトイレで抜けちゃったよ。一番どうでもいい奴《やつ》の時にするやつ。

俺は討ち入り失敗だな。

異能力のせいで……ぼっちのせいで、人間として扱ってもらえない。

これって、なんで差別として認定されてないのだろう。明らかなるハンディキャップだし、むしろ目では見えない差別だから、より深刻な場合すらあるんじゃないか？　これ、自己責任なの？　おかしくない？　人生っておかしくないか？

歌の部分が終わったら、すぐに演奏停止のボタンを押して、マイクもオフにした。

「悪い……。ちょっと用事があるんで、先に抜ける……」

財布《さいふ》からお金を出して、それもテーブルに載せる。それすら気づかれていない。

せめて同じフィールドで競わせてほしい。たとえばスポーツだったら俺のほうが活躍できるかもしれない。バカ。ぼっちが活躍しても優勝賞品が友達なんてことはない。

小説やアニメなら異能力者だけの学校だとトーナメントとかランキング制の試合とか、戦う場が設けられているが、現実にそんな制度はない。異能力の大半は一般人が持たないちょっと変わった能力という程度の意味しかない。戦闘系異能力者もピストル一つで沈黙する。

「あれ……マジ気持ち悪くなってきた……ヤバい……」

トイレに抜けなかった俺に一番近い女子がそう言ったのが限界だった。一メートル未満だったのだ。

カバンを持って立ち上がった。テーブルと足の狭い隙間《すきま》を強引に抜けていく。

「お疲れ様」

「ちょっと！　グレ君、待って！」

高鷲《たかわし》が追いかけてきた。かといって、部屋の真ん前で話し合うわけにはいかない。修羅場《しゅらば》だとか、変な噂《うわさ》をたてられるかもしれない。エレベーターの前まで移動する。

「俺にあの環境はつらすぎる」

そもそもぼっち以前に有害だし。

「あいつらの視線を見て、はっきりわかった。リア充にとったら、俺みたいなのは論外なんだ。接する価値すらないんだ。そもそ俺が物理的に接するのは、迷惑だけど」

所詮《しょせん》、ぼっちにまともな価値などない。あらためて自覚した。

高鷲はすぐには何も言わなかった。あきれているのかもしれない。でも、突き放すようなこともしなかった。作戦を立てた責任でも感じてるんだろうか。

ふるえる手で、高鷲は壁を小さく叩《たた》いた。

こつん、と「氷の姫」に似つかわしくない弱々しい音が響《ひび》く。

そして、泣きそうにゆがんだ瞳《ひとみ》で、俺の瞳を見つめてきた。

【私もきつかったわ。女子と話をする機会も見つけられなかった】

電光掲示板に本音が出てきた。

【自分のことをもっともっと嫌いになる時間だったわ。ひとりぼっちの檻《おり》に閉じ込められるより、もっとつらかった。どうしてこの部屋に人間がいるのよって最後は恨《うら》んでた。相手の嫌《いや》なところばかり見えて、友達になる気すらなくなってた。だから、だから……】

こんな心情は言葉にして記憶にでも残ったら、あまりにつらすぎるから、異能力で伝えるしかないんだ。

【……グレ君が出ていって、ほっとしたの。これで一緒《いっしょ》に出ていけると思った。手助けなんて何もできなくて、ごめんなさい】

俺は何も言わずに、ただ、何度もうなずいた。

こんな状況なのに、俺もほっとしていた。高鷲《たかわし》も同じだったんだ。

高鷲も気持ちを吐露《とろ》してちょっと楽になったのか、「あ〜あ」と深いため息をついた。

「荒療治《あらりょうじ》では無理なようね。一人の織田信長《おだのぶなが》は今川義元《いまがわよしもと》に負けたわ」

勝手に歴史を改変して、高鷲は手をくちびるのあたりに当てて思案している。

それから、一メートル離れた俺に向けて、ピースサインを作った。

「何？　どういう意味？　負けてもVサイン？」

「そうじゃないわよ。バカね」

【そうじゃないわよ、バカね】

　心の声でもバカにされた。

「フェイズ２に移行するわ」

「フェイズ２……？」

　高鷲が言うと、そんな雑な言葉にも変な説得力があった。

「これまで我々は、ぼっちではない人たちと接点を結ぼうと努力してきた。今日のカラオケの乱なんて、まさにそれよ。そうよね、グレ君？」

「そこまではわかる」

「しかし、我々の属する高校には、異能力が枷《かせ》になって、ぼっちになってしまっている男女がもっといるの。私の調べでは、ぼっち予備軍まで含めれば二十三人が該当するわ。さらに人間関係の構築で悩んでいる人間を含めればさらに数は増えるわ」

　想像以上の数だった。

「それは、いくらなんでも盛ってるだろ……」

「実際、大盛りよ」

「じゃあ、ダメじゃねえか！」

こんな思わせぶりな態度で、大ウソつくなよ……。一応、同盟者だぞ!?

「数字は盛ったけど、高校にまだまだぼっちがいるのは事実よ。人間関係の悩みって、普遍的《ふへんてき》なものだから。この世のすべての文学作品は、人間関係の悩みについて書かれたものと言ってもいいぐらいよ。だって、文学作品を作るような人間は絶対ぼっちだから」

「それも盛ってるだろ」

世界中の作家に土下座《どげざ》しろ。

「だけど、人口比だけで見れば、リア充がリアルを満喫してるだけの小説とかもっとあってもよさそうなものなのに、そんな小説、ほぼ皆無《かいむ》よね。一方で、人間関係について書いてる小説は相当数にのぼるわ」

「誰がリア充がウェーイしてるだけの小説読まないといけないんだ……。どんな拷問《ごうもん》だ……。つーか、冷静に分析するな。余計につらくなる」

「私が言いたいのは、ぼっちが学校内に残っているということ」

【たとえにいちいち噛《か》みつかないでほしい。ウザい】

心の声も毒舌かよ……。

「この、人間関係で困っている人たちをターゲットにすれば、友達作りはより容易なはず。そう、リア充を落とせないなら、今度は同類のぼっちどもを狙《ねら》うの！」

上から目線は相変わらずどうかと思うし、「同類のぼっちども」という表現にはモロに見下し意識が見てとれるけど、今までで一番可能性のある作戦だった。

やれるかもしれない。

同じようなことで苦しんでいるならそこにシンパシーが働くし。

「わかった。それで行こう」

高鷲《たかわし》はうなずいた直後、ふらついたように壁にもたれかかった。それから、疲れが見える息を吐いた。気が張り詰《つ》めてる間は疲労を忘れてて、一仕事終わるとどっとくるというアレだ。

「俺、知らない間に近づいてたかもな……。悪い……」

無意識に接近していることに、今、気づいた。何年この異能力やってるんだよ！

「ううん、多分、精神的なものよ。リア充と同じ空気を吸ってたし」

高鷲は憑《つ》き物が落ちた、リラックスしたような顔で言う。

それで俺は今更ながらに確信した。高鷲は何一つ妥協《だきょう》していない。今回も跳ね返されたけど、全力でこのカラオケボックスにやってきた。

俺も何か高鷲にしてやらないといけないな。

「とにかく、ここから出よう。もう用はないし」

俺はエレベーターのボタンを押してから、離れる。

すぐにエレベーターは来た。すぐ帰れと言ってるみたいだったけど。

乗り込んだ高鷲が俺のほうに目を向けた。

「グレ君は乗らないの？」

「俺と同じエレベーターに乗ったら、もっと高鷲《たかわし》が疲れるだろ」

ドアが閉まる直前、高鷲がこう言った。

「歌、上手《じょうず》だったわよ」

非常階段を兼ねてる外に出ているらせん階段を俺はぐるぐる回って降りた。

まるで、俺の人生みたいに、果てしない道のりだと思った。


カラオケボックスの前で俺たちは再び合流した。

「俺、家、南側なんだけど、高鷲は？」

「じゃあ、逆ね。ここでお別れだわ」

俺たちの地元、八王子《はちおうじ》は駅の南北で雰囲気《ふんいき》がまったく変わるし、バスの行き先もまちまちだ。高鷲は北側の住人なんだろう。

ふと背を向ける前に、そういえば聞いてないことがあったなと思った。

「ところで、高鷲の異能力って貢献《こうけん》レベルいくつ？」

「余裕のレベル1よ。なんの役にも立たないからね。聞かなくてもわかってたでしょ」

不本意なことだから、高鷲はいつもの仏頂面《ぶっちょうづら》をさらにむすっとさせていた。

「でも、まだマシだぞ。俺なんてレベル0だから」

「はぁっ!?　レベル０の生徒が実在するなんて聞いたことないわよ！」

高鷲もそんな存在は初耳だったのか、声を荒らげた。

「それって、実はかえって最強とかいう異能力バトルの主人公が持ってるやつでしょ」

「ところが、現実にバトルなんてものはない」

俺は自嘲《じちょうてき》的に笑った。こういう表情に慣れすぎてる。

日常生活では、ドレインはただ他人を苦しめる以外の意味を持たない。有害だから、０なんだ。他人のレベルを吸い取って、レベル無限とかにもならない。

「だから、貢献レベルが低いからって悲観しなくていいぞ。高鷲より低い奴《やつ》がいるんだ」

「別に、グレ君より低いなんて思ったこと一度もないから」

「そうとは思ってたけど、きつい言葉！」

せめて一日一回ぐらいデレてほしい。でないと、きつい。

さて、もう帰らないと。

「またな、高鷲」

高鷲はやる気なさそうにだらんと右手を挙げて、

「ありがと、グレ君」

さよならの代わりに、「ありがと」と言った。

「こっちこそ」

「私のせいで痛い目に遭《あ》ったのにありがとなんてマゾみたい」

くすっと意地悪な笑みを浮かべて、高鷲《たかわし》はすぐに後ろを向いてしまった。

バカにしてたのかもしれないけど、美少女の貴重な笑みには違いないからいいものを見たと思っておこうか。

# 3 味方が異性のみの状態ってハーレムじゃなくてリアルに地獄だよね

土日の間も、高鷲《たかわし》からＬＩＮＥメッセージが飛んできた。

『考え中』が七回。律儀《りちぎ》に俺も『了解』と返した。こういうのも、コミュニケーションと呼ぶと、コミュニケーションの神様に怒られそうだ。

『発言に彩《いろど》りというか、バラエティがほしい』と日曜日についに耐えかねて、発信した。

女子とＬＩＮＥしているって、ぼっちからすると、二階級特進でも足りないぐらいの急成長のはずだが、胸のときめきなど一切ないな。

この調子だと、月曜日も成果ナシと報告されるなと思って、机にスマホを置いていた。

こんなに通信相手が少ないなら、通話とメールのみのガラケーでもよかった。

実は携帯電話（途中でスマホに変わった）は小学校高学年の時から持たされていた。

防犯の意味でもなければ、親が子供に甘いのでもない。

すべては異能力のせいだ。

俺のドレインも電波に乗って影響を与えまではしない。親が俺がグループで浮きづらいように渡してくれたのだ。小学生や中学生が浮くとイジメにも遭《あ》いやすいしな。

結論から言うと、無意味だった。

まず、イジメの件から言おう。平穏《へいおん》無事だ。

それどころか怖がられた。

イジメっ子すら寄ってこなかった。もし俺に近づかれたらそれだけで負けるからな。イジメの対象じゃなくてラスボスの立ち位置だ。

あと、携帯電話があれば浮かないかと言えば、そんなことはなかった。

というわけで、俺の机にはほとんど家族とのやりとりでしか使われてないスマホが置かれているというわけだ。

ベッドに寝転んで漫画を読んでたら、スマホがふるえた。

「どうせ、『考え中』だろ」

見ないわけにもいかないので、起き上がってＬＩＮＥ通知を見た。

『いいカモを見つけたわ』

とんでもないことを『考え中』だった。そうだった、あいつは悪意ある言葉に関しては語彙《ごい》力《りょく》豊富で、バラエティ豊かなんだった……。

『他人に見られたら取り返しつかないメッセージはやめろ』

『ぼっちはいるものね。隣《となり》のクラスの子。女子の間では有名らしいけど、気づかなかった』

『お前、女子のコミュニティ入れてないからな……』

『詳《くわ》しくは明日、例のシミュレーション室で』

「煽《あお》るだけ煽って、答え教えないのか……」

納得いかないものを覚えつつ、『無難な展開を望む』と答えた。ここで『了解』だと、お前の発言も画一的だとツッコミが入る。

「俺もあいつも、ＬＩＮＥだと、ごく普通に話せるんだよな。イラっとする時もあるけど」

全世界がＳＮＳでしか交流できない未来が来ればいいのに。


翌日の朝、五階の通称、シミュレーション室に高鷲《たかわし》と入った。

なんで、クラスメイトと会話するだけで、こそこそしなきゃならんのかと思うが、すべては俺たちの異能力が悪い。

俺たちが出した椅子《いす》二つはまったく移動された形跡がない。まさに俺たちぼっちのサンクチュアリである。

高鷲は顔を合わせるのを嫌《いや》がるので、椅子二つを一メートル以上（おそらく二メートル）離して、共に窓側に向けている。すごく窓に近いわけでもないので、運動場も見えない。これ、何も知らない奴《やつ》が教室に入ってきたら、かなり怖いと思う。

「最初はどうやって孤立してる奴を探すか悩んだけど、クラスの裏サイトみたいなのを見つければそこからは早かったわ」

「えっ、やっぱりそういうのあるのか……？」

正直聞いたこともなかったし、あまり聞きたくもなかった。

「ご心配なく。このクラスのものは発見できなかったわ。あと、あったとしても、グレ君は陰口叩《たた》かれるタイプじゃなくて話題にすらならないタイプだから」

「お前なりのフォローだと好意的に解釈する」

「その解釈で正解ね。フォロー三割、侮蔑《ぶべつ》六割、どちらともいえない一割だから」

「ほぼバカにしてんじゃねえか……」

ちょろっと横を見ると、高鷲はいつもの鉄面皮《てつめんぴ》だった。侮蔑八割かもしれない。

「野球でも三割打てたら大活躍扱いでしょ。つまりフォロー三割は善意の塊《かたまり》なわけ」

「騙《だま》されてることはわかるけど、なぜか説得力も感じる自分がいるのがムカつく」

せめて少しでもにこりとしながらそういうこと言ってほしいけど、あんまり笑顔になられると高鷲の笑顔の価値が下落する気がした。週一で見れるかどうかぐらいでいいや。

「裏サイトの話に戻るわね。ちなみに、ほかに二クラス見つけたわ」

どうやって見つけたのかわからないが、聞くのも怖い。

「書き込んでるのは数人の常連だけね。だから、どこまで影響力があるかも謎《なぞ》だけど、クラス内の事情を見るには十分だわ。そこでいい獲物が見つかったの」

苗字《みようじ》に鷲が入ってるせいか、無意識的に相手を狩猟対象みたいにみなしてる節がある。

「ターゲットのクラス文集をコピーしてきたわ」

離れた席で、ぺらぺらと高鷲《たかわし》が紙を揺らした。

クラス文集というのは、クラスの有志が集まって、アンケートをクラス全員にとったりして冊子を編集したものだ。意識高い奴《やつ》らが数人いたクラスではこういうのを学年末にやる。

「おい、ちなみにどこで入手したんだよ……？　一年の文集を五月に持ち歩いてる奴なんていないだろ」

「職員室の机に去年の担任が置いてたわ。それをカラーコピーしたの。私、自慢じゃないけどずっと学業成績はトップだから教師からは絶大な信頼を得てるの」

なるほどな……。学年トップが捜し物見つけたふりしてコピーしても個人情報盗んでるとは思われないんだな……。

「はい、グレ君も見て」と高鷲が席を立って、俺の机にその紙を置いた。

そこには女子の顔写真とプロフィールが載っている。

「これ、何かの間違いじゃないのか……？」

おそらく、俺の顔は戸惑いを隠せてなかったと思う。

「どう見ても、いわゆる、リア充層だろ……」

プリントにあるのは両手を伸ばしてピースをしている女子生徒の顔。

テヘペロ的な舌も出して、かなりアグレッシブなキャラに見える。

髪は軽く染めているんだろうか、暖色系。ゆるゆるとパーマがかかった髪をサイドテールにして、シュシュできれいに留めている。これはおしゃれ上級者だぞ。

どっちかというとかわいい側とかじゃなくて、読モとかになるレベルのかわいさだ。スカートもかなり短い。少なくとも高鷲より確実に短い。女子高生というよりＪＫといったほうが近いキャラだ。

「いいところに目をつけたわね。そう、表面上は私たちの敵なの。火刑にすべき側よ」

リア充には死を以《もっ》て報《むく》いる姿勢であることはわかった。デコピンぐらいで止めろ。

「この前のカラオケじゃないけど、仲良くなれそうにないな……。ええと、菖蒲池愛河《あやめいけあいか》……」

「知らないのね。男子にもまあ有名なようだけど、クラスが違うとわからないのかな。ほかのクラスの情報なんて、ぼっちには入らないし。おっと、これはあなたをディスってるだけじゃなくて、自嘲《じちょう》的《てき》な表現だからね」

高鷲が手を振って違う違うとアピールしたけど、やっぱ、ディスってるじゃん。

しかし、言ってる意味はわかる。菖蒲池という生徒の情報は入ってきてない。

友達がいないということは、そういうことだ。

これは生きていくうえで不便ではないが、空《むな》しい。いくら高校が勉学の場といっても、勉学以外の要素を奪われたらやっていられない。

それに俺たちの人生は高校で終わるわけじゃない。ここでまともに友達作りができていないと、大学生になったり社会に出た時も同じように苦しむおそれがある。

「あとは本人を見たほうが早いわね。昼に尾行《つ》けるわよ」

「マジで探偵みたいなことするんだな……」

立ち上がって、心なしか生き生きとしている高鷲《たかわし》の机にそのプリントを戻した。ちゃんと処分しておいてくれ。

「友達を手にするためには手段は選ばないわ。私たちはそれぐらい追い詰《つ》められてるのよ。二年生の五月とはそういうこと」

俺は高鷲の顔に戦う女、ジャンヌダルクを見た。ただ、ジャンヌさん。せめて自業自得《じごうじとく》な理由で追い詰《つ》められたかったです。


昼休み、俺は二年五組の教室前に来た。

ただし、教室前でずっと居座ると、あまりにも目立つ。

二人いる強みを生かして、俺たちは教室前で会話しているという体《てい》をとることにした。

「六十六代横綱は当時サーカス相撲《ずもう》と呼ばれていて、土俵際でしぶとく残る相撲で横綱の地位をつかんだの。といっても、横綱になれた場所は例を見ないほどの大混戦で、ぎりぎり優勝をつかめたから、やっぱり横綱になるにはそういう運も必要ということね」

とくに話を聞く必要もないからか、高鷲が一方的に俺の聞きたくもない情報を流していた。目的忘れてるのではというほどぺらぺらしゃべってるけど、おしゃべりが目的に見えるほうがカムフラージュとしては適切だ。一応、高鷲もちらちらと教室に目を向けている。ただし知らない人間からしたら、離れすぎてるし視線も合ってないし、謎《なぞ》の二人組だろうな。

「あれが、菖蒲池愛河《あやめいけあいか》か」

一列目の奥に俺たちのターゲット、つまり友達候補がいた。

昼食のサンドウィッチを食べている。開いているのはファッション誌らしい。

うちの高校は校則はゆるい。

というか、生徒全員異能力者なので、杓子定規《しやくしじようぎ》に禁止しようがない。

土の異能力者は汚れるからジャージで過ごしている。

強力な静電気を発生させる異能力者はゴム手袋を年中つけている。

異能力というのは、つまり「普通と違う力」ということだ。そんな力を持った奴《やつ》が集まる学校で個性を認めなかったら、本末転倒だ。

菖蒲池さんは食べ終わると、カバンからマンガを出して、男子の机に持っていった。

「この『烈炎《れつえん》パラドックス』、すごくよかったです！　とくにライバルが死亡フラグ立てまくって、それでもけなげに戦ってるのがいい！」

どうやら男子からマンガを借りてたらしい。かなりその話題で盛り上がっている。

「それにしても昔は力士の引退も早いわね。二十代で引退とか珍しくな――」

「なあ、男に気兼ねなく話に行ってる奴がぼっちなんてありうるのか？」

「波久礼《はぐれ》富士、黙ってなさい。序二段《じょにだん》に落とすわよ」

話題をさえぎられてむっとしてるのはわかるけど、四股名《しこな》みたいにするな。番付下げるな。

だが、俺の懸念《けねん》を補強するように、今度は菖蒲池愛河《あやめいけあいか》はほかの男子のほうに行って――その顔にさっと指を伸ばした。

「ほら、ごはんつぶついてましたよ。お弁当、がっつきすぎじゃないですか～？」

そして、ごはんつぶを少しばかり「ん～？」と考えてから、ぱくっと口に入れた。

もう一度言う。口に入れた。男のほっぺたについていたごはんつぶをだ。

「高鷲《たかわし》、やっぱりおかしい！　リア充とか以前に、あれは付き合ってる関係だろ！」

だが、ごはんつぶ取られた男子のほうも平常心で、「俺、行儀悪いことで昔から有名だったんだよな～」とナチュラルに返していた。よく見ると男子もスポーツマン系のイケメンだった。机に靴《くつ》を入れるビニールバッグみたいなのがかかってるから、サッカー部か。

うらやましい。

「今度、ごはんつぶつけて登校しようかな」

「グレ君、キモいかキモくないかの二択で言うと、死んでほしいわ」

「第三の選択肢《せんたくし》作んな！」

安全圏内にいるのにさらに二歩、俺から離れる高鷲。その視線は十割侮蔑《ぶべつ》モードだった。

「冗談だ……。そもそもほっぺたに手が届く距離に人間が来ないし……」

「そうよね。耳を腐らせる異能力を使われたかと思ったわ」

不安そうに耳のあたり押さえるのやめてくれ。

「けど、調べてる情報どおりね。波久礼海、今度は周囲の女子にも目を向けてみて」

なんで四股名、改名したんだよ。しかし、周囲を見ろというのは正しいアドバイスだ。菖蒲池愛河を見て、露骨《ろこつ》に敵意むき出しの女子が何人かいた。

本人はわかってないかもしれないが、ぼっちの観察能力なら即座にわかる。菖蒲池さんに家族でも殺されたような反応だ。

その女子たちがつれションなのか、廊下に出てきた。

高鷲は一度、俺に近づき、「追うわよ」と言った。

彼女たちの二メートル後ろに高鷲が、さらに二メートル後ろに俺が続く。もっと横に広い廊下でないと並んで歩けない。女子たちはどうやら無警戒。

「ったく、菖蒲池、マジでウザいよね！」

「ほんとにサキュバスだわ。男子たぶらかしすぎでしょ！」

サキュバス？　今、サキュバスって言ったか？

「男好きにもほどがあるよねー。ちょっとかわいいからって、あの態度おかしいでしょ」

「そのくせ、告られたら振ってるって話だしさ。男に誘《さそ》われても、『門限で五時までには帰らないといけないんです』って言って、途中で抜けるんだって」

「門限五時とか、絶対口実でしょ。付き合いはしない。でも男はキープ。ないわー」

そこで女子二人はトイレに入ってしまった。

時間差で高鷲《たかわし》もトイレに入る。お前の将来は探偵で決まりだ。その行動力はすごい。

俺は立ち入れないので、スマホを出して、ＬＩＮＥのチェックしながら友達を待つふりをした。高鷲以外、誰からも連絡などないし、友達もいないので全部ふりだ。虚像だけでできている男である。泣きたい。それともスマホの電池を吸う力まではなかった点を感謝するべきなのか!?

しばらくすると、高鷲が出てきた。

「ずっと悪口言ってるわ。彼女たちの性格にも難があるようね。二人ともザコ」

「よく、お前、その性格で人にそんなダメ出しできるな」

「ごめんなさい。心の卑屈《ひくつ》な人の言葉はよく聞こえないの」

無表情のまま、手で「地獄に落ちろ」のサインを出された。

「めぼしい情報はもうもらったし、帰りましょう」

「サキュバスって言ってたな。夜に男のとこに来てエロいことしてくれる悪魔だよな……？」

「そうよ、あの菖蒲池《あやめいけ》って子は異常に女子から嫌われてるの。同性から蛇蝎《だかつ》のごとく憎《にく》まれてるってことは、イコールぼっちということよ」

「同性から嫌われてる点は、お前と同じか」

「違うわ。私は畏《おそ》れられてるの。神と同じ反応よ。あの子とはタニシとズワイガニぐらい違うわ。グレ君も人生、タニシからやり直しなさい」

高鷲はやれやれとお手上げのポーズで首まで横に振る。それだと俺の幼少期、タニシじゃん。しかし、その比較の妥当性《だとうせい》は別として高鷲が言いたいことはわかる。

男子でも同性の友達皆無《かいむ》だけど、女子から厚く信頼されてるというケースはない。そういうのって、ひと昔前の前髪で顔が隠れてる系のギャルゲー主人公ぐらいしかいない。あれも別に男子から嫌われているんじゃなくて、存在が不要だから出てきてないだけだろう。

もう一度、五組の前を通ると、菖蒲池さんが男子とトランプをしていた。

そのまま俺たちは通り過ぎる。一緒《いっしょ》にトランプするわけにはいかん。

「放課後、彼女のところに突撃するわ」

「うん……。けどさ、女子に嫌われてる奴《やつ》と仲良くなるのって……リスクあるんじゃ……」

ぼっちが何様だと言われそうだけど、坊主《ぼうず》憎けりゃ袈裟《けさ》まで憎いの論法で、彼女の友達まで恨《うら》まれたりしないだろうか。とくに同じ女子の高鷲が標的になりはしないか。

「同盟者のグレ君に、友達作りに関する三つの言葉を与えるわ」

歩きながら二メートル以上前方にいる人間の言葉は聞き取るのがちょっと難しいと思ったら、高鷲が立ち止まってくれていた。そして、俺に向けて左手三本の指を立てた。

「我慢・忍従・妥協《だきょう》よ」

「……どれも似かよってないか？」

「あらゆる面で最高の友達を見つけるのは無理よ。ウルトラレアを手に入れるのではなく、ノーマルを取りにいく姿勢が求められてるの」

三本立ってた指が握《にぎ》りこぶしに変わる。

いろいろとツッコミどころはあるけれど、なんだかんだ言って、やる気に満ちあふれている高鷲《たかわし》にもう言葉をかけるのは野暮《やぼ》だと思った。


放課後、俺たちはまた五組の前に待機する。

向こうはもうショートホームルームも終わっていて、ターゲットが帰っていたらまずいと思ったが、むしろ菖蒲池《あやめいけ》さんは残ってプリントをやっていた。

ついに教室には菖蒲池さんしかいなくなる。

いよいよ高鷲があそこに入っていくんだな。やたらと気難しい顔でスマホをにらんでいるが、その視線は頻繁《ひんぱん》に周囲に泳ぎ出す。それで、廊下を意味もなく見たりしてスマホに戻る。

だって、友達になりましょうなんて言いに行くとか、人生でまずないから。

下手《へた》すると、愛の告白より頻度は低い。

さあ、行け、高鷲。俺も同じぼっちとして応援してるぞ。一分でも五分でもここで待っててやる。最高のコンディションの時に行け。

――十分たった。

高鷲《たかわし》はまだじっとしていた。

いや、そろそろチャレンジしろよ……。

高鷲がおもむろに俺に近づいてきた。おい、一メートルを侵犯してないか？

髪をかきあげ、明後日《あさって》の方向に目をやる。

「ここでグレ君のターン」

「いやいやいや！　状況的にお前のターンだよ！」

男子が女子に友達になりましょうって言うほうがハードル百倍以上高いだろうが！

「まず、『今日はよく晴れましたね』と天気の話題をする」

「教室乗り込んで他人にそんな話する奴《やつ》いねえよ！」

「じゃあ、『人間関係研究会という研究会を作ったんですが、よかったら入りませんか。な～に、決して怪しい者ではありません』と勧誘《かんゆう》するの」

「怪しいにもほどがあるだろ！　つーか、案があるならお前が実践しろ！」

教室から視線が来た。

「あれ、誰かいるんですか？」

菖蒲池《あやめいけ》さんに気づかれた。そりゃ、教室の外でがやがや言ってたらそうなる。

ぽんと軽く、高鷲が俺の背中を叩《たた》いた。ソフトタッチでも疲れはじわじわ来るぞ。それだけ俺に強くやらせたいってことだろう。

「お願い。女子高生怖い」

「お前も女子高生だろ！」

高鷲のほうを見たら、腕で「×」を作って、視線は斜め上に向いている。試合放棄《ほうき》してることだけはわかった。

しゃーない。同盟相手の頼みだし、聞くしかない。

俺は教室に勢い込んで入る。ただし教室の割りと入り口だ。相手が寄ってきた場合、こっちが後ろに退がるしかないので、印象が悪くなる。

「いきなり、すいません！　波久礼業平《はぐれなりひら》と言います！　俺と後ろにいる高鷲えんじゅは、人間関係研究会という、え〜、つまりサークル活動をやっています。内容は文字どおり、人間関係について、そう、理想の人間関係を築くにはどうするべきか考えるサークルで……」

声が裏返りそうになった。せめて事前に知っていれば予行演習ぐらいできたものを……。

「その……もしよろしければ、一緒《いっしょ》にどうですか……？」

菖蒲池さんはわざわざ立ち上がって、俺の話を聞いていたが寂《さび》しげな笑みを見せて、「ごめんなさい」と言った。

うん、わかってた。

これでＯＫする奴はいない。むしろ、そんな奴と友達になるのは俺も抵抗がある。

「多分、愛河《あいか》の異能力のせいですよね。混乱させちゃって、申し訳ないです」

どうして向こうが謝ってるんだ？

「もし、よかったら愛河といい友達として付き合ってください」

あれ？　それなら俺たちの目的は達成されるんだけど？

彼女は一点の曇りもなく、ほがらかに笑みを向けた。

それから、俺のほうにさっと手を差し出す。

「波久礼《はぐれ》君でしたっけ。かっこいい名前ですね」

ドキッとするという感覚を人生で初めて味わった。

「そ、そうかな。はぐれ者みたいであんまりいいイメージない」

「じゃあ、愛河が友達になったら、はぐれてないことになりますね！　ねっ？」

こんな曇りのない笑顔を現実で見たことなんて、この一年あっただろうか。

天使はヨーロッパでも天国でもなく、同じ学校にいた。

この子ならすべてを受け入れてくれると、根拠ない確信が頭を支配した。

ほとんど直視できなかった彼女の顔をあらためて、ちらっと見る。断言する。かわいい。頭のてっぺんから爪の先までかわいい。スニーカーも靴下《くつした》もネクタイも吸ってる空気も全部かわいい。それと胸が、こう、じわ〜っとあたたかくなる感じなんだ。熱情的な気持ちというより、もっとなごむうえに愛《いと》しいというか、尊いというか……。

「あの……初対面でこういうの、おかしいんですけど……」

あれ、あれ、あれ……？　ぼっちの俺がそんな三段跳びでそんなこと言えるのか？　言えるわけがない。なのに、俺の口は性急にその先に進もうとする。もはや、ぼっちとか関係ない！

「好きです、付き合ってくださ――」

「ごめんなさい！」

言い終わる前に振られた。

なんだ、これ。世界新記録じゃないのか。ぼっちが告るとか分不相応《ぶんふそうおう》だったか……。

「今、愛河の異能力受けちゃいましたよね？　愛河の力は『好き』という感情を二十倍ぐらいに増幅させてしまうんです！」

「え……？」

「だから、きっと今の気持ちは、本当は告るほどじゃないんです！　騙《だま》しちゃってるようで悪いから、付き合えません！　思わせぶりなことしてたらごめんなさい！」

菖蒲池《あやめいけ》さんは思わせぶりに頭を下げた。対する俺はまだ状況がつかめないので、女子に謝罪させてる気まずさだけを味わっていた。

そこに後ろから、甲高《かんだか》い靴音が響《ひび》いた。

「よくやったわ、グレ君」

俺を人身御供《ひとみごくう》にした首謀者《しゅぼうしゃ》がやけに堂々と入ってきた。ただし後ろの扉から。

「これからも身を粉《こ》にして働いてね」

「それ、他人に使用する表現じゃねえ！」


「サキュバス」の真相はこうだった。

菖蒲池愛河《あやめいけあいか》は他人が抱《いだ》いた好意を急激にふくらませる異能力者だ。

つまり、彼女をちょっとでもいいなと思った人は、全員彼女を好きになるのだ。

それで彼女は洗脳みたいなことはよくないと告白はすべて丁寧《ていねい》に断る。

事情を知ってる男子は告白せずに、なかば我慢して接する。

ほかの女子は菖蒲池さんが男に色目使ってると敵視する。

女子で友達ができない彼女は、余計に仲良く接してくれる男子に話しかける。

男子はかわいい菖蒲池さんを拒否するわけないので、結果としてクラスでしゃべるのは男子だけという構造になる。

「見事な負のスパイラルだな……」

五階の誰も来ない部屋に、もう一つ椅子《いす》を追加して、俺たちは三角形で話していた。別に交霊術をするわけじゃない。霊体の友達はまだ俺たちには早すぎる。

高鷲《たかわし》だけ高所をとったほうが有利とばかりに立ってるけど、とくに問題はない。

「はい……。この異能力のせいで、愛河、友達らしい友達はいません……」

しょんぼりと菖蒲池さんは言った。

想像以上に彼女は落ち込んでいた。外向的な性格であるがゆえに孤立するだなんてことが世の中にはあるのだ。そして、外向的だからこそ解決できないのだ。

普通、ぼっちを脱出するには行動に出ないといけないからな。

動いてることが原因だとしたら、対処は困難だ。急に内気になるのも難しかろう。

「――菖蒲池さん、君は一人じゃない」

このままだと彼女が泣き出しそうだったので、俺はそう言った。

フィクションの世界だと、こんな時、手でもつかんだりするんだろうけど、現実は無常だ。そういうのが許されるのは超がつくイケメンに限る。普通の男がすればガチの犯罪である。俺はさらに接近すらできん。

仕方ないから立ち上がって、それの代わりにする。

「君の気持ちがわかるかというと、そこまではわからない。でも、俺も高鷲も異能力のせいで、ずっと孤立してるんだ。異能力で困ったことない奴《やつ》や、異能力を持ってない奴よりは似てると思う」

言葉で通じ合えるのかと言われれば自信はない。

言葉でみんなが納得できれば、警察もいらないし、戦争も起こらない。

それでも、異能力者といえども人間関係のごたごたは言葉に頼るしかない。

「俺の異能力は通称ドレイン、一メートル以内に近づいた相手を疲労させる……。高鷲《たかわし》の異能力は通称、ええと…………高鷲、言っていいか？」

「し、知られたくない……」

うつむきながら高鷲が本当に恥ずかしそうにつぶやいた。

高鷲にもプライバシーの権利がある。無論、それを行使してもいい。だが――

「菖蒲池《あやめいけ》さんの異能力を聞いて、こっちが言わずに仲良くやろうって、無理だろ……？」

「わ、わかったわ……！　言っていい……」

腕組みして、高鷲は首肯《しゅこう》する。俺の行為に不満はあるけど、言ってることは事実だから引き下がってやるって感じだった。

「高鷲の力はココロオープン。目が合いすぎると相手に自分の心を読まれる」

「そっか。お二人とも、そんなふうに苦しんでいたんですね」

菖蒲池さんの目に共感の色が宿るのを見た気がした。

言って正解だった。同じ苦しみを知っている者は連帯できる。

少なくとも、つながれるんじゃないかという幻想を抱てる。

だけど――菖蒲池さんは俺や高鷲とは人間のタイプが違った。

おもむろに席を立つと、立ってる高鷲のところに行って、

「高鷲さん、愛河《あいか》と友達になりましょう！」

いきなり手をぎゅっと包むようにつかんだ。

「ひゃぁっ！」

これまで絶対に聞いたことない高鷲の声。高鷲の中で一番高い声。

「わ、私は、その……不束者《ふつつかもの》というか……その……」

文句なしの友達申請。それが高鷲を歓喜と困惑の渦に引き込んでいる。さなぎの殻《から》を強引に割るがごとき菖蒲池さんの行動力！

そういえば、高鷲の「私に関わってくるなオーラ」の完全武装を突破する女子なんてほとんどいなかったはずだ。それを菖蒲池さんは一気にぶち壊した。

さらにつま先立ちで顔まで高鷲に近づけていた。ぼっちを、こ、殺しにきている!?

これがＪＫ流の距離感か！　たしかに手をつないでるＪＫとかちょくちょく見る！

そう、距離感というものも男女で違う。

男同士が手をつないでたらかなりの高確率でそういう関係だと思うし、いくら友達の男子でも手をつなぎたいかと言われると俺でも嫌《いや》だが、女子同士ならアリなのだ。

実際、何かのアンケートで女子同士でキスしたことがあると答えた女子高生が六割ぐらいいて、俺は衝撃を受けた。多分だけど、
女子高生↓かわいい↓ぬいぐるみとかもかわいい↓ぬいぐるみにキスしてもおかしくないし、

ぬいぐるみに恋愛感情あるとは考えない→女子高生がかわいいものである女子高生にキスしてもおかしくない

といった、論理展開があると思われる。

だが、この距離感は高鷲《たかわし》には大問題だ。

「ねえ、せめてそのキラキラした目を向けるのをやめて……」

「え？　どうしてですか？　愛河《あいか》、変ですか？」

「さ、さっき、グレ君が漏《も》らしたじゃない……聞いてないならいいけど……」

今の高鷲には毒もトゲも感じられないので、今後もこれぐらいの雰囲気《ふんいき》でいてほしい。

「あれ、どうして駅にあるような電光掲示板がこんなところに？」

菖蒲池《あやめいけ》さんのグイグイ押すやつが高鷲の異能力まで発動させていた。

【vににvにpvんpsfないsfほsfびbすぶsbfb】

混乱がひどすぎて自分でも何を考えているかわかってない！

【落ち着に、落ち着け、落ち着け落ち着け落ち着け本当に落ち着に】

これだけ落ち着こうとしてる時点でまだ落ち着いてはないが、意図がはっきりしてる分、マシなのかもしれない。

高鷲は目をそらしたうえに、目をつぶっていた。ココロオープンが消えるまで粘る気だな。

菖蒲池さんも手を離してちょっと下がった。

無言になった相手の手をずっとつなぐと空気がおかしくなる。

やっとココロオープンが消えていった。高鷲は背後を見て、それを確認してから、菖蒲池さんのほうを向き直る。落ち着きを取り戻したというか、仏頂面《ぶっちょうづら》を取り戻した。

「わかったわ。友達を前提に交際しましょう」

つまり、友達とはまだ認めないということか。

よく、さっきの醜態《しゅうたい》見せて、これだけ上から目線になるまで挽回《ばんかい》できるな……。

「やったー！　高鷲さんと友達になれました！」

「違うわ。まだよ。一言で言えば、筆記試験も実技も残ってるような状態ね」

友達になるために筆記試験を要求する奴《やつ》がいたら、絶対に友達いないと思う。

「ま～、高鷲、友達候補ができてよかったな」

本人は友達と認めてないが、似たようなものだろ。

しかし、俺はそれを他人事《ひとごと》に考えすぎていた。

「じゃ、次は業平《なりひら》君ですねっ！」

一メートルの壁をなんの抵抗もなく乗り越えて、座ってた俺の手も高鷲の時みたいにさっと包む。

その手さばき、やり手店員のラッピング技術のごとし。

「愛河《あいか》と友達になりましょう、業平《なりひら》君！」

「え、それはいいけど……あの、離れたほうがいいよ……？」

「ちょっと！　初対面から下の名前で呼ぶのってＴＰＯわきまえてなくない？」

高鷲《たかわし》が変なところにがぶりと噛《か》みついてきた。

「やった！　これで愛河と友達ですね！　愛河、すごくうれしいです！」

ぶんぶんと俺の手を一緒《いっしょ》にスイングさせる。

けど、俺にそんなことをして平然としていられるはずもなく――

「あれ、なんだか体が重いです……」

彼女は俺のほうにもたれかかってきた。ドレインがまともに効いた。通常の数倍の量を献血したみたいな状況になってるんだろう。

なのに、なのに……俺は場違いにも女の子の体ってやわらかいと思った。ふにゃふにゃなのではない。ソフトなのだ。なんだこの絶妙の感触は……。これと比べたら男の体は、体そのものが凶器に見えてくる。高鷲を抱きとめた時にも感じなくはなかったけど、三割増しでやわらかい！

しかも、いいにおいがした。マジかよ。女の子からいい香りがするって都市伝説じゃないの？　女に近づいたこともない非モテの妄想《もうそう》なんじゃないの？　人間が臨終を迎える時、仏がやってきて、その時、高貴な香気を感じるとかそういうアレじゃないの？

胸が変に高鳴る。心不全――ではない。命の危機はない。むしろ、やすらぐ。不思議とあったかい気分になる。大昔のラブコメではないので、俺はこの感情に適当な名称をすぐにつけられる。

これは…………………恋なのか？

菖蒲池《あやめいけ》さんに恋をしたということなのか？

もしも許されるならこのまま彼女を抱き締めて、「好きです付き合ってくださいスカイツリーか映画館一緒に行きましょう」と言ったりしたかった。それをとどめてるのは俺にドレインというクソ忌々《いまいま》しい異能力があるからでしかなかった。そうだ、離れてもらわな――

「ドレインって本当なんですね……。でも、業平君の体はぽかぽかで、ほっとしますね」

熱っぽいため息をつきながら、菖蒲池さんが言う。

惚《ほ》れた。もう、絶対告白しよう。振られても悔《く》いはない。せずに後悔するならして後悔してやる。菖蒲池さん、俺は、俺は――

「グレ君、それは異能力のせいよ！」

高鷲の言葉で我に返った。

そうだ。そうだった。

俺の好意は二十倍に増幅しているのだ。

冷静になれば友達すら皆無《かいむ》の非モテがここまで恋に心焦がれるのはおかしい……。

高鷲《たかわし》が菖蒲池《あやめいけ》さんの体を後ろから抱《かか》えて、元の席に戻した。

それと同時に俺の恋心も少しずつ引いていった。菖蒲池さんとの物理的距離が開いたせいもあるんだろう。

「どう、グレ君？　もう、恋に恋してるって顔じゃなくなってるけど」

「高鷲、グッジョブ……。異能力に惑わされるところだった……」

大事な告白が異能力に操られていたというのは、あまりにひどい。

もっとも、これが菖蒲池さんの悪意によるものじゃないことぐらい、俺にもわかる。

「はうぅ……ごめんなさい……」

ぐったりした菖蒲池さんが頭を下げた。手まで幽霊の真似《まね》みたいにしていた。男がやったら寒気するほど痛々しいしぐさだが、かわいいから許す。むしろ、してください。

「こんな愛河《あいか》ですけど、友達になってくれますか？　業平《なりひら》君も、高鷲さんも？」

彼女のうるんだ瞳《ひとみ》が俺たちをとらえる。マジで？　ここでうるませることってできるの？

あざといとか通り越して、職人芸じゃない？　そして、瞳うるませた美少女は強い。

けど、少なくとも菖蒲池さんは心は健康というか、ポジティブだ。

友達になってくれますか――その言葉で高鷲の口元がかすかにゆるんだ。

菖蒲池さんが見つめたせいか、また電光掲示板が出てくる。

【声に出して読みたい日本語ね。友達になって。言うより言わせるほうがいいわ】

心の声でもそんなに素直じゃなかった。それでも俺にとっても、高鷲にとっても大きな一歩だ。

「私は……まだ友達とは認めないけどグレ君なら歓迎してくれるんじゃない？」

「こんな俺で……よければ……」

直後の菖蒲池さんの「もちろんです！」の声と顔と空気、保存したい。

高校二年五月にして、俺に初めて正式に友達ができた。この時、世界が動いた。少なくとも俺の心は動いた。今、目の前に賽銭箱《さいせん》があれば俺は千円札を入れる！

来年から記念日として祝日にしてほしい。たとえ休みじゃなくても俺は祝う。

# 4 生徒会の副会長にやけににらまれてるけど、とくにフラグではなかったようです

ぼっちが一番つらい時間は休み時間である。

授業はどちらかといえば救い。授業中は荒れてる学校とかでない限り、私語がない。つまり、ぼっちもリア充も同じルールに従わないといけない。そこに優劣はない。むしろ、成績のいいぼっちなら多くを理解できる分、楽しめる。

だが、ひとたび休み時間になれば、ぼっちは自分の置かれている状況をまざまざと見せつけられて、屈辱《くつじょく》にまみれるしかない。

ていうか、休み時間が長い。五分でいい。せめて七分。十分の休みのラスト三分が長い。

一年生の時は、最終奥義《おうぎ》『職員室に行って先生と（無論一メートル離れて）しゃべる』を使ったこともあったが、これは授業でよくわからなかった箇所がないと使用しづらい。

それと、ぼっちにもプライドはあるので、先生に「こいつ、友達いないんだな、大変だろうな」と思われるのはつらい。

七割ぐらいマジに思っているんだけど、ぼっちが一定数生まれるというのは学校が抱《かか》えている大きな問題だと思う。

友達がいない日々が数日だけなら耐えられる。でも、それが最低でもクラスが替わるまでの

なことが教育機関には必要なんじゃないか？

一年間続くとなると、人格形成に悪い影響与えるんじゃないか？　友達をあっせんするみたい
閑話休題。

休み時間怖い。できれば休み時間も私語禁止にしてほしい。

そして、休み時間でも最も危険なものが、昼休みである。

逢魔《おうま》が刻《とき》に百鬼夜行《ひゃっきやぎょう》の類《たぐ》いが出るがごとく、昼休みにはリア充が湧《わ》く。

一時間目前の時間も長いといえば長いが、これは授業直前にクラスに滑《すべ》り込むことでダメージを最低限にできる。ぼっち界隈《かいわい》では、これを『スライディング登校』と言う。

界隈といっても、ぼっち同士のコミュニティなんてなかったから俺が勝手に名付けただけだが。けど、この対処法を知らないぼっちはいないはずだ。

昼休みは『スライディング登校』が使えない。

部活に入っていれば、部室に逃げ込むという手がとれる。たとえば、ぼっちイヤーで仕入れた情報だが、卓球部の男子は部室で昼に麻雀《マージャン》をやっているらしい。麻雀のために積極的に早弁しているほどに真剣だ。

もちろん、ドレインを持ってる俺に部活動などできるわけない。仮に入部できたとしても狭い部室を俺が陣取って迷惑かけられるのはいたたまれない。

十分の休み時間なら、トイレの洋式便器にチャイムが鳴るぎりぎりまで座るという『トイレ

時間つぶし』を使えるが、昼休み中ずっとトイレにいるのはぼっちでも長すぎ。

なお、昼休みにトイレに座って飯を食うという通称『トイレ飯』は有名だが、あれをやってる奴《やつ》は少ない（と思う）。ぼっちもトイレで食いたくない。じゃあ、どうするかというと、休み時間に早弁して先に食べ終えてしまい、昼休みは教室から出ていくのだ。

みんなが楽しそうに弁当食ってる中でぼっち飯をやらなくてすむ。

問題は昼休みの行き場所がなくて、放浪になってしまう点だが……。

そんな俺の灰色な昼休みがその日は違っていた。

居場所ができた。


俺はなぜか、中庭に出てきていた。

中庭の中央には無意味に豪華なヴェルサイユ感すらある噴水が置かれている。

その近くに腰かけているのは、存在してるだけでリア充オーラを発散させてるスクールカースト上位層だけである。

この西高《セイコー》においても選ばれし者しか使えない一等地、それが中庭だ。

いや、別に利用規約とかないけど、とくに噴水周辺は異性の友達が当たり前のようにいるコミュニケーション強者しかいないので、ほかの奴は立ち入りできない。

噴水近辺の奴はオシャレ度も高い。噴水に光が反射するせいか、輝いてすら見える。

ほかの生徒はちょっと離れたところでそれを眺めるのだが、中庭で食事ができるだけで上位層ではある。最低でも単身の奴はいない。大半が三人以上のグループだ。

なお、実は噴水付近は、決して衛生的とは言えない水が飛び散るため、環境面ではおすすめできない。それでも奴らはリア充っぽく見えるほうを選ぶのだ。コミュニケーション強者も大変なのだ。別にざまあみろとかは思わんけど。

そんな中庭に俺が来ている。

俺はすでに怖《お》じ気《け》づいていた。

手の中の弁当箱がふるえている。地震でなければ俺がふるえているんだろう。

「腹がかゆいので、早退する」

「もう遅いわ。あの子がいるから」

中庭の隅《すみ》で菖蒲池《あやめいけ》さんが手をぶんぶん振っていた。

「こっちですよー！　業平《なりひら》君、高鷲《たかわし》さーん！」

俺と高鷲は菖蒲池さんに中庭での会食に誘《さそ》われたのだ。

こんなとこ、卒業するまで来ることないと思ってたのに。

高鷲はニュートラルで嫌《いや》そうな顔をしてるのでわかりづらいが、「友達」（高鷲本人は菖蒲池さんを友達と認めてないので「　」をつけた）と飯を食うわけだからうれしいはずだ。

「グレ君、私、同志とここで食事ができることに喜びを感じてるわ」

ほら、来た。

「……けど、ここでリア充してる奴《やつ》見てると、ムカつく。全員、食中毒で死んで、畑の肥料にでもなれ程度のことは考えてる……」

この嫌《いや》そうな顔は、本当に嫌だからかっ！

「とにかく今は中庭で食えることを喜ぶんだ！　リア充はノイズだから目を背《そむ》けろ！」

「そうね、人がたいしていない隅《すみ》なら私たちでもギリで使えなくはないわね。変に調子がよくて、十両昇進するほどのレベルじゃないのに幕下から十両になっちゃって、すぐに次の場所で幕下に落ちる力士みたいなものね」

「細かいことはわからんけど、スポーツってそういう非情なところあるよな……」

「一場所だけ十両に上がって、それから先、数年ずっと幕下で相撲《すもう》取る人とかいるのよ……」

非リア感があふれ出た会話だが、黙り込んでるともっと非リア感が出るのが厄介《やっかい》だ。

すでに菖蒲池《あやめいけ》さんが座っているので、俺たちも居心地《いごこち》悪そうに腰を下ろす。

「せっかくいい天気ですし、外で食べないともったいないですよねー。じゃーん！　昔なつかしタコさんウインナーも入ってますよー！　にい、おすそ分けです！」

頭に影がかかったと思った時には、俺の弁当の飯に赤いタコが置かれていた。

もちろん距離を空《あ》けて座っているので、わざわざ彼女が立ち上がってやってきたわけだ。

高鷲《たかわし》は惣菜《そうざい》パンと菓子《かし》パンだったので、パンの袋にタコを入れられていた。

　女子二人が花壇脇の座れるスペースに腰かけて、俺は離れるしかないからその対面《トイメン》というポジションだ。これ、距離ありすぎて、女子の食事風景を眺めてるキモい奴《やつ》って思われてそうだけど、同じグループです。

「菖蒲池さんは、リア充高濃度危険地区で食べることあるの？」

「どこのことですか？」

「言うまでもなく噴水だけど」

「噴水はあんまり。その菖蒲池って苗字《みようじ》、言いづらいですよね。愛河《あいか》でいいですよ」

　マジかよ！　それってオプション料金とか発生する系統じゃないの!?

「あああああ愛河、さ、さん……」

「愛河だけでいいですよ、業平《なりひら》君。ふふっ♪」

　今季一番人気あるキャラの声優さんみたいな声で、その「ふふっ♪」が聞こえた。

「…………」

　しかし、ここで気の利いたことが言えないのが、ぼっちの宿命なので、俺は黙る。

　女子を下の名前で呼ぶという、まあまあ大きなイベントがさらりと終わってしまった。

　そもそも、女子と話してる時点で劇的な変化なのだ。

　たまに女子高になぜか男子が転入しちゃう的なシチュのラブコメがあるけど、ほとんどの場合、主人公の男子のコミュ力が高すぎてリアリティがない。本当にそんなことになったら男子はものすごく肩身狭いし、多数派の女子からイヤガラセとか受けると思う。

「ここはちょくちょく仲良くなった人と来たりしてましたよ。その時点ですごいわ」ほぼほぼ男子なんですけど」

「つまり、西高《セイコー》で誰かと仲良くなったことあるわけよね。その時点ですごいわ」

一般人からすると「毎朝、起きてるなんて立派ですねー」ぐらいの、なんで褒《ほ》めてるか意味不明の内容に聞こえるかもしれないが、俺と高鷲《たかわし》からすると十二分にすごいことである。

「一年の時は、クラスのみんなと親睦《しんぼく》深めるために一回ずつぐらいは、食べに来ました」

男は落ち着かなかっただろうな。何かの詐欺《さぎ》ではと疑ったんじゃなかろうか。俺は詐欺とは言わないまでも、夢かもしれないと思っている。

「最近は、女子から目をつけられるからあまりやってないんですけど……高鷲さんがいてくれるならいいかなって……。あの、高鷲さん、下の名前で呼んでいいですか？」

「や」

一文字で「嫌《いや》だ」と否定しやがった。

「えー！　えんじゅって名前ですよね。かわいいじゃないですか！　じゃあ、ニックネーム風にえーりんとか」

「親しき仲にも礼儀ありって言うでしょ、バス子さん」

「バス子ですか。響《ひび》きは自体はかわいいですけど……由来がアレですね……」

「あなた、あらゆる事象にかわいいと言えば許されると思ってるタイプね」

ここは相手が近づこうとしているんだからお前ももうちょっと受け入れろよ！

とはいえ、愛河《あいか》――呼び捨てだと、脳内で呼ぶのすら落ち着かない。だが慣れておかなければならない――がとくにひるんでる様子もない。この子も打たれ強い。

それぐらいのずぶとさがないと、クラスの女子まとめて敵に回して生きていけんよな。

「ぼっち同士、深い絆《きずな》で結ばれてるわけですし、えーりんと呼ばせてください」

「私、『絆』って言葉、嫌いな言葉ランキング堂々の三年連続ナンバーワンなの。なんとなく、口当たりいい感じで誤魔化《ごまか》してるところがあるから」

「あ、それは、愛河もわかる、わかる！」

「すぐに『わかる』って言う人間は嫌いなタイプランキング五位で、一人称が自分の名前の女は嫌いなタイプランキング六位よ」

心、狭すぎるだろ。

しかし、高鷲が怒ってるわけではないと思う。こいつが誰かに優しすぎても不気味だし。おそらく、中庭で飯というイベントで緊張《きんちょう》しているのだろう。

「はーい、以後気をつけますねー」

愛河はぽんと手を頭にぶつけるしぐさをした。

「それはそれとして、オクトパスのお礼」

メロンパンを半分に分けたものを高鷲は愛河の弁当に載せた。

ウインナーをオクトパスって言うなとか、飯にメロンパン載せるなとかいくつか問題点はあったが、それは紛《まぎ》れもないお弁当交換会だった。

あの高鷲《たかわし》がと思うと、ちょっと感動的だ。俺が高鷲の親なら泣いてただろう。

もしも心の声を読んだら【やったわ！　私は大人の階段一歩上ったのよ！】なんてことが書いてあるのではなかろうか。相変わらず、花壇の土の上を歩いてるアリとか見て、視線そらしてるけど。

「えー！　メロンパン半分は多すぎますよ！　これはもらいすぎですって！」

「バス子さん、大切なのは物じゃないの。もらった以上、何か返さないと天秤《てんびん》が元に戻らないでしょ。で、どうせならもっといい物を渡して精神的に有利に立ちたいでしょ。レヴィストロースも著書の中でそう言ってるわ」

「じゃあ、大切なのは物じゃねえか！」

つい、ツッコミを入れてしまった。

まあ、高鷲はお弁当を一緒《いっしょ》に食べるだけじゃなくて、おかずまでもらえて本当にうれしかったから、そのお返しがしたかったんだろうが。

「大きな声を出して相手を脅《おど》すのは野蛮《やばん》な発想よ、グレ君」

「お前の発言にいちいち問題があるのが悪い。それと、話題のチョイスがおかしい。レヴィストロースって学者の名前だろ。そういう単語は盛り上がりを欠くというか……リア充から遠い……」

「グレ君、リア充《あんなの》になりたいの？」

高鷲の目は冷たい。それは質問というか、追及だった。で、俺もその意図はわかる。

友達たくさんほしいけど、リア充に自分がなりたいかというと必ずしもそうじゃない。むしろ、あんなのより俺のほうが成績いい分、上等な人間ではないかと思うことさえある。

「高鷲、今のは俺が悪かった。なりたくない……」

「わかればいいのよ」

納得したのか、高鷲は立ち上がってメロンパンのひとかけらを俺の飯の上に置いた。

飯と一緒にメロンパンを食ったら、デンプンの甘さと砂糖の甘さが絶妙にマッチせず、しかもパンのせいでノドも渇いた。

「やっぱり、友達同士のお昼ご飯はいいですね♪」

愛河《あいか》が足をぶらぶらさせる。

「まだ友達じゃないし。友達を前提にした交際よ。正式な友達を十両からとすると、私たちは三段目付け出しデビューってところね」

「それ、十両に上がる頃に卒業してるかもしれんぞ……」

「あれ、相撲《すもう》のこと、まあまあわかってきたわね」

「お前によく聞かされてるからな」

高鷲《たかわし》の目は笑ってないが、口元はちょっとゆるんでる気がした。

この高校に入ってから高鷲は最も楽しいんじゃないか。

なにせ、俺もかなり楽しいから。

そしてこれは高鷲が愛河《あいか》のところに突撃した結果だ。実際に突撃させられたのは俺だが。

高鷲はみずからの力で友達（候補）を勝ち取ったのだ。誇《ほこ》るべきことだ。

タコさんウインナーは、たしかになつかしさを覚える味だった。もちろん磯ではなく、ウインナーの味がした。

「はじめて外に出ての昼食だけど、中庭の連中もたいしたことないわね」

中心部にいるほかのグループにちょくちょく高鷲は視線を飛ばしていた。

「お前は何を比較してるんだよ？」

「顔」

短い言葉だからこそ、威力デカいな……。

「我が物顔でいるから、アイドル志望程度の子でもいるのかと思ったけど、全然関係ないし。むしろ田舎《いなか》っぽい。男も知性の感じられない顔が多いわね。グレ着でも勝てるわよ」

「勝ち負けがつくことじゃない」

「つくわよ。男も女も顔面偏差値が異常に低かったら性格も引っ込み思案になるし。生き方に無関係なわけないでしょ」

「身もふたもない正論だな」

そのとおりと認めるのもまずい気がして、ちょっとぼかすように言った。

「えーりんはすごく美人さんだし、業平君《なりひら》もかっこいいですよ！」

愛河がうれしくなるようなことを言った。この人の場合、お前は論外なんて絶対言わないだろうから素直に信じていいかはわからない。

「後半間違えてるわよ」

「俺の側《がわ》だけ否定するな！」

笑っている愛河の弁当箱はきれいに空《から》っぽになっていた。

「あっ、次、愛河は移動教室でした！　それじゃ、これにて！」

かわいく手を振って、愛河は中庭をあとにした。どっからどう見ても女子高生だった。

ひょっとして、女子高生と食事をしていた俺はリア充的なふるまいをしていたことになるの
だろうか。男友達と飯食うより、はるかに困難なことを乗り越えてしまった。

「グレ君」

パンに視線を落としたまま、高鷲が言った。こいつ、食べるのけっこう遅いな。

「いったい、何だ？」

「彼女が友達かは別として、友達っていいわね」

「だな」

タコさんウインナーもメロンパンも今日が一番美味《うま》い。

「気分がいいから、グレ君に募金してもいいぐらい」

「俺は何も募集などしていない」

「千羽鶴あげようか」

「俺は何も病気などしていない」

「ぼっちは病気よ」

「お前、自分にも跳ね返ってくる発言って自覚あるのか……?」

そこで、すっくと高鷲は立ち上がった。

「だからこそ、私もこの病気をもっとよくするために戦わないといけないの。友達作りの手はまだ休めないから。次なる獲物を探すわ」

決意は素晴らしいが、表現が不適切だった。

★

といっても、すぐに候補は見つからなかったらしく、『捜索中』『まだ』『もうちょい』『見つからぬ』という文字がLINEに何度か送られてきた。語彙力《ごいりょく》は増していた。

俺は俺で、放課後に五階の空《あ》き教室で、高鷲のコミュ力向上の指導をしていた。

オブザーバーとして愛河《あいか》も来ているので、心強い。

「相手に敵意がないことを示す時、笑顔になるのはとても重要だ。逆に言うと、高鷲、お前の目つきは怖い。そのうえ、相手の顔を見ようとしない。それだけで、相手が怯《おび》える場合がある」

「怖いのは目つきだけだと思ってるの？　私も舐《な》められたものね」

なんで、ちょっと脅《おど》し入ってんだよ。

「他人に目を合わせなくていいから、スマイルを心がけてみてくれ。菖蒲池《あやめいけ》先生お願いします」

「は～い！　こんな感じですかねっ⁉」

両手の人差し指をほっぺたに当てて、にっと見事なスマイルを作る。

手まで使うのはあざとすぎるが、トレーニングとしてはそれぐらいやるべきかもな。

「よし、今の真似《まね》をしてくれ」

「指を添えるのはマジキモいから無理なんだけど」

「表情だけでいい！　はにかんでるぐらいでもいいから！」

おそらくすごく久しぶりに高鷲の表情筋が仕事をしていると思う。

笑い慣れてないからか、少々時間を要した。

「こ、こんなので、どうかしら……？」

腕組みしながら、高鷲は言った。

たしかに笑っていた。

思いっきり、他人を見下して嘲笑《ちょうしょう》してる感じで。

「違う。そうじゃない」

それはMの男がされて、すごく喜ぶやつ。

「なんでよ！　要求どおり笑ったはずよ！　頭の中に、冬空の下、駅前ですごく下手《へた》な路上ライブやってるフォークシンガー（しかもオリジナル曲じゃなくて、ベタな曲のカバー）をイメージしたのに！」

「マジで失笑や嘲笑じゃねえか！」

高鷲《たかわし》は左手を少し横に振った。

「違うのよ。これは『努力してメジャーデビューしますとか言ってるのに、結局自分で曲も作らずに人様の曲で勝負してる、口先で夢を語ってその夢に酔って、現実や未来と向き合うことすらしないダメ人間、いわば夢を語ることで自分の無能さを隠蔽《いんぺい》しようとしてる卑怯者《ひきょうもの》』を嘲笑してるだけで、夢に向かって戦ってる人をバカにしたわけではないの」

「そんな長ったらしい設定知らんわ！　普通に笑えや！」

「笑う理由もないのに笑えるわけないでしょ！」

えっ、笑いってそういうものか？　たしかに異様に楽しそうな人が歩いてたら、ちょっと不気味か。なんか、わからなくなってきた……。

「邦楽の歌詞でも、『素直に笑えないよ』みたいなの、ものすごい数あるわ。そう簡単に笑わ

せることができると思ったら大間違いよ。グレ君、それは芸人の養成所に入ればすぐに客の笑いをとれると考えるほどに甘い考えだわ。まずは相手を笑わせるにはどうするべきか、真剣に向き合ってみれば？」

「なぜか俺が芸人を批判したみたいな展開になってる！」

「グレ君、あなたは面白《おもしろ》くないから失格」

「俺のほうを審査するな。あと、指差すな」

そんな俺たちを愛河《あいか》が「どっちもがんばれ～♪」と笑いながら応援していた。

そう、その表情が尊いんだ……。

友達最高と思った放課後でした。

翌日、クラスで高鷲《たかわし》と会ったら、強い負のオーラを感じた。

普段から負のオーラは出ているのだが、今日はいっそう強く感じる。

一身田《いしんでん》さんの横に高鷲が来ると、会話中、一身田さんがかわいそうなので俺は廊下に出て、話をすることにした。壁際に立っていれば、割り込まれることも、さほどの違和感もない。逆に言うと室内で一メートル半も空《あ》いた状態で会話をすると変。

「昨日、『笑いの文化史』という本を借りて、ずっと読んでたの。あらためて笑うということについて深めてみようと思って。結論からいくと、よくわからなかったわ」

「ああああああ……真面目《まじめ》バカか……」

そんなの堅苦しい本読んで開眼する事象じゃねえだろ！

「私より成績低い男にバカ呼ばわりされたわ。ショック。もう生きていけない」

「自分を被害者にして毒舌かますな」

しかも、お前、学年トップだから誰にバカにされてもショックじゃん。

「やっぱり、グレ君のレクチャーが悪いのよ。というか、人間には出来、不出来があるから向いてないことをやらせても無駄よ。グレ君だって荒療治《あらりようじ》だって言われて、合コンに放り込まれたら三十秒で海に身を投げるでしょ」

「合コン会場が海に近すぎる。が、向いてないことはよくわかった。普通にぼっちでも仲良くなれる友達を探そう」

「なかなか、この人なら友達になれるってターゲットも見つかってないのよね」

右手を頬《ほお》に当てて、高鷲は低血圧そうなため息をついた。

そんなに、とんとん拍子にはいかないか。愛河の件だって、一種のラッキーパンチだしな。

「――業平《なりひら》、ちょっと、いいかな？」

声のしたほうを見た。ちょっと視線が合わなかった。

もう少し視線を下げると、ショートボブの女子と目が合った。

やっぱ、背低いな。

「今、『やっぱ背低いな』と思ったね」

その女子、生徒会副会長の竜田川《たつたがわ》エリアスににらまれた。攻撃のためか他の女子よりは若干近い。

エリアスにはかれこれ五年以上にらまれてるから日常と化している。

「いや、それは事実だから、しょうがないだろ」

「あら、副会長、どうかしたの？」

高鷲《たかわし》は誰が来ようと姿勢は強気だ。内面は他人がやってきて、ビビってるかもしれないが。

一方で副会長エリアスのほうは、まだ険しい表情だ。まさか男女でしゃべってるだけで不純異性交遊と言われるほど校則は厳しくないし、何を言われるかよくわからなかった。

「君たち二人が同じところにいて、ちょうどいいと思ったんだ。放課後、時間があったら生徒会室に来てくれたまえ。用件は以上だよ」

それだけ言うと、エリアスはそそくさと去っていった。

俺の横を通り過ぎる時、捨て台詞《ぜりふ》的にこう言われた。

「業平《なりひら》、君はいつか倒す。首を洗って待っていたまえ」

俺、ずっとケンカを売られ続けてるんだよな……。振る舞いが俺の時だけ副会長じゃなくて、不良なんだけど。友達になれとは言わん。やさしくしろ。

そのエリアスの後ろ姿を高鷲は、笑顔で見つめていた。

嘲笑《ちょうしょう》とも失笑ともつかぬ、絶対に悪役側の奴《やつ》が浮かべるあの表情で。

「その手があったわね」

「どの手だ？」

「次のターゲットは竜田川副会長よ」


その日の昼休みは中庭での昼食会は中止にした。

シミュレーション室で、高鷲の無茶《むちゃ》な計画を止めないといけなかったからだ。

「どうしてあの副会長が狙《ねら》い目って発想になったんだ？　愛河《あいか》の時とはわけが違うだろ」

聞いた途端、高鷲ににらまれた。地雷踏んだっけ……？

「へえ、もうすっかり愛河って自然に呼べるのね。なれなれしい男世界選手権でも出るの？」

ゴミを見るような目で見られた。

「いや、それは……そう呼べって言われたんだから従うべきだろ……。本音を言えば、俺も調子乗ってる感出てないか不安だ……。そう、それでエリアスのことだけど」

エリアスはぼっちとは無縁のイメージしかない。いつも数人のグループの中心にいた。

高鷲は窓側の角にもたれかかっていた。絶対に背中をとられないポジションだ。

「今度は副会長も下の名前で呼んだし。キモくて背筋が絶対零度よ」

「違う、違う！　あいつとは小学校から知ってるからなだけだ！　あいつも俺のこと、呼び捨てだっただろ！」

　やたらと調子乗ってるという誤解をあわてて解く。やっと本題に進める。

「生徒会と言えば、権力を握《にぎ》り、しかも、それによって生徒を管理する立場よね」

「まあ……そう言えなくもないな……」

　そんなたいした権力じゃないと思うが、意味としてはおおかた合っている。

「権力者はいつの世も孤独よ。うかつに胸のうちをさらせば秘密が漏《も》れたり、弱さを知られることになるから。ゆえに、生徒会役員も孤独なの！」

　部屋の角から高鷲《たかわし》は少し語気を強めた。

「お前、人を騙《だま》すスキル、高いよな……。聞いてると、それっぽくなってくる」

　けど、一理あると言えばあるか。

　異能力者が悪く思われないためにも真面目《まじめ》に学校生活を送る必要があるとか言って、エリアスは風紀にもかなりうるさい。

　これは副会長になる前から、それこそエリアスが異能力者になった頃からの持論で、それ自体は正しいことだと俺も考えている。異能力者に対するおおっぴらな差別感情はないが、俺みたいに周囲に迷惑かける異能力者もたまにいるし。

「そう、スポ・ドリ子は人に注意する時、上から目線なのよ」

「なんだ、スポ・ドリ子って。あ……エリアスだから、スポーツ・ドリンクなのか……」

「スポ・ドリ子は悪い人ではないわ。だけど、人の上に立つということは、人に嫌われるのも仕事。生徒会業務もあるから、遊ぶこともかなわない！　だからやっぱり孤独を助長するわ。ドリ子は私たちの仲間よ」

高鷲の口数が多くなってきたので、ノってきたらしい。

部屋の隅《すみ》からだんだん前のめりになってきている。

一方でいつのまにか俺は丸め込まれようとしていた。いかん、いかん……。あのエリアスと仲良くなるなんて無理もいいとこだ。

高鷲には言ってないが、俺とエリアスの不仲は小学校高学年以来ずっと継続中なのだ。

なぜ言ってないかといえば、「それはフラグ立ってたとか言いたいの？　せめて付き合ってからモテる自慢はしなさいよ」なんてことを高鷲が思う危険があったからだ。

ツンはデレの裏返し的な法則は現実には適用できん。

なにせ、中三の放課後、二人きりの時、俺はこうあいつに言われたのだ。

「ねえ、業平《なりひら》、君に言いたいことがあるんだが、いいかな……？　ただ、少々君が驚いたり、傷ついたりするかもしれない」

「小学校からの付き合いだろ。しかもお互い異能力者だ。気にせず言えよ」

「わかった。じゃあ、許可も得られたし、言うとしようか」

「ああ、なんだって受け入れてやるさ」

「君はどこまでも目の上のたんこぶだね……。オセロの四つ角の絶対裏返らないコマのようだ。一言で言うと、邪魔だ。高校も異能力者だから同じだろ……。きついよ」

正直に言うと、これは告白される流れかなと六割ぐらい期待してました！　ものの見事に「邪魔」とだけ伝えられました！　幼馴染《おさななじみ》にそんなこと言われたら驚くし、傷つくわ！

なので、そんなエリアスのところに乗り込んでも絶対友達になれない。

なんとかして止めなければ。

「けど、生徒会の仕事は本人がわかったうえでやってることだろ。ぼっちであるのと同一視できないって」

「愚問《ぐもん》ね。原因がなんであれ、友達がほしくない高校生などいるわけがないわ。数学の教科書にすら書いてあることよ」

その教科書、よく検定通ったな。

しかし、高鷲《たかわし》の言葉はパワーワードとして俺の心をとらえた。

——友達がほしくない高校生などいるわけがない。

それは真理かもしれない。友達は趣味《しゅみ》ではなく、米のような生活必需品に近い。

「あとね、そんな妄想《もうそう》めいたものより、もっと確実な証拠があるのよ」

高鷲は犯人を追い詰《つ》めた探偵みたいな顔で言った。

「ドリ子は私たちを放課後に呼び出したのよ」

スポ・ドリ子というあだ名は早速省略された。

「クラスのぼっち二大巨頭である私たち二人に用がある。これは確定的でしょ」

「そ、そうだ！　ぼっち二大巨頭って表現がひっかかるけど、ほかは正しい！」

どちらか一人に用があるなら別件かもしれないが、二人なら話は違う。

「ぼっちに聞きたい情報といえば、決まってるわ。ぼっちでつらくないか、ぼっちを脱出できないか、ぼっち同士仲良くできないか、どれも同じことよ。これで友達が一人増えるのは確実」

俺も今回は手ごたえを感じていた。

「たしかに！　俺と高鷲に話をしないといけないとしたら、それしかない！」

「グレ君、今日、敵と友達になれるわよ」

その時の高鷲はわずかにドヤ顔だった。そんなドヤ顔が違和感ないぐらい俺もテンションが上がっていた。

はからずも、放課後。

中三の時、ディスられた記憶をいいものに塗り替えてやる。

昼休みが終わって教室に戻ってきたら、放課後のこの時間に来いという置き手紙が俺と高鷲《たかわし》の机にあった。言うまでもなく、生徒会室への入室時間だ。

置き手紙なんて前時代的な方法をとったのはＬＩＮＥもメアドもエリアスと交換してないせいである。

これ、あんまりよくないんだけど、こっちがぼっちだとどうしても引っ込み思案になって、交換しようって言い出せないんだよな。

付き合いが長い分、余計に切り出しづらい。そもそも目の敵《かたき》にされてるけど。

で、はっきり言ってリア充層は向こうからぼっち層《こっち側》に交換しようぜとかは言ってこない。リア充というのはリア充に愛想がいいだけの人間であって、別に非リアに興味はないのだ。仲良くするメリットもあんまりないと思うし、そんなに間違ってもないが。

これはぼっちなら理解してもらえると思うのだが、中途半端な知り合いより赤の他人のほうが気楽だ。たとえば休日、仲の良くないクラスの人間と出会うぐらいなら、名前も何も知らない奴《やつ》とすれ違うほうがストレスがない。

授業中、高鷲からＬＩＮＥが来た。

『時間が指定されてるということは、その時間に行けばドリ子しないないということね』

『自分であだ名を設定して無理矢理定着させるの、一種の暴力だぞ……』

★

放課後、俺たちは十五分ほど例のシミュレーション室で時間をつぶしていた。

お昼を一緒《いっしょ》にできなかった分、愛河《あいか》も顔を見せている。

「副会長さんがメンバーに増えるんですか！　いいですね！　これで人研《ひとけん》の人数も四人ですね！　学校公認の活動になるチャンスが生まれますね！」

椅子《いす》に座って、足をぶらぶらさせながら愛河が言った。スカートの中が見えそうで見えない。今日もあざとかわいい。

「待ってくれ……。その『ひとけん』って何？」

「人間関係研究会の略ですけど」

まさか、愛河を勧誘《かんゆう》する時に雑に決めた設定がいまだに効力を持っているのか！

「いいわね。彼女も組織に所属するという形のほうが入りやすいわ」

高鷲は教室後ろ側にまとめられた机の一つに腰かけている。こっちもスカートの中が見えそうで見えない。

人間関係研究会なんて名前の組織なら入りづらいと思うけどな。

そんなの、人間関係に問題抱《かか》えてる人しか、絶対いないじゃん。

「あのさ、そもそも論なんだけど、相手は副会長だぞ。ということはサークル活動なんて掛け持ちできないって言って断られるんじゃないか」

校則上、生徒会役員の部活動参加は問題ないけど、本格的にはやれないと思う。

「それでいいのよ。副会長という肩書の人間が友達というだけで価値があるわ。むしろ人格は二の次よ」

まず、お前の人格を問題視したい。

「まあ、そんな研究会は人数が集まっても公認されなさそうだけど」

「認めるとか、認めないとかではありません。愛河《あいか》たちが人間関係研究会と思っていれば、それが人間関係研究会なんじゃないでしょうか?」

この人、将来的に変な法人とか立ち上げそうだな。

「じゃあ、そろそろ時間ね。ドリ子に人間関係研究会の崇高《すうこう》な理念と緻密《ちみつ》なネットワークを伝えましょう」

高鷲《たかわし》は立ち上がると、黒板に「人間関係研究会」とわざわざ書いた。

想像以上に丸っぽい字だった。角という概念《がいねん》がないフォントだ。

「高鷲、字はこんなにかわいかったのか……」

「いいじゃない……。文句あるわけ……?」

顔は見えないけど、手が微妙にふるえてるので、気にしているらしい。

ただ、ここでやっていくぞ、という謎《なぞ》のやる気を感じた。

それと、この文字を見たら何も知らない奴《やつ》が放課後直後に来ても、不気味に思って去っていくので、そういう魔除《まよ》け的な意味合いは期待できるかもしれない。

「崇高な理念などないし、ネットワークって三人でLINEやってるだけだぞ」

「三角形ほど安定した構造はないわ」

「骨の髄《ずい》まで詭弁《きべん》じゃねえか！」

呼び出されてるのは俺たち二人だけなので、愛河が「いってらっしゃ〜い！」と手を振って見送った。


「ドリ子を落とせば、改革は大きく進展するわ。なにせ、副会長の権力が手に入るんだから」

階段を下りていく途中、高鷲がそんなことを言った。生徒会室には二階まで降りて渡り廊下を通って、隣《となり》校舎に行かねばならない。

「そんな権勢ないと思うけど、ノリはそうだな」

「それだけ高校生にとって友達とは重要なものなの。孤独は人を苦しめる。だから、私たちがドリ子を助けてあげるの」

「お前が人助けなんて言葉を口にするとは思わなかった」

その点は素直に評価してやりたい。他人を考える余裕があるということは、ぼっち的な閉じこもり気味の精神から脱却しつつあるからだ。

「これで私たちはドリ子より上に立てるわ。ある意味、生徒会よりも偉くなるかもしれない」

「今日も一言多い！」

友達になろうとしてる人間に会いにいく時のセリフじゃない。

「少なくともリア充より私たちが楽しそうにできる世界を作るの」

前を歩く高鷲《たかわし》の表情はわからないけど、それはきっと冗談で言ってる言葉じゃない。

「私たちは真面目《まじめ》に勉強して、真面目に暮らしてきた。なのに、異能力を持ってしまった、ただそれだけのことで日の当たらないところに押しやられるなんて間違ってる」

俺は高鷲に見えもしないのに何度もうなずいていた。

「だな。俺たちは報《むく》われないといけない」

二階の踊り場で高鷲は立ち止まった。

「部屋に入る時は並んででいいから。少しのドレインなら我慢する。部屋に入ったら、私は左にずれる。あなたは近づきすぎない次元で威圧しなさい」

「やっぱお前は攻撃的だな……。でも、基本は高鷲の提案どおりにいく」

「私たちは正しいことをしてる。友達を作ろうとしてるだけ。今だけは胸を張りなさい」

だんだんと高鷲の口車に乗せられるのだ楽しくなってきた。

信じたっていいじゃないか。

高鷲を信じていれば、すべて上手《うま》くいく。愛河《あいか》とだって知り合えた。

リア充なら鼻で笑うようなことかもしれないけど、俺たちからしたら大きな成功体験だ。

竜田川《たつたがわ》エリアス、お前をまさか俺が救うことになるなんてな。

俺はずっとぼっちで苦しんできた。だからこそ人の苦しみがよくわかる。

授業で二人組作れと教師に言われて余ってしまった時のつらさとか、修学旅行が中止になることを本気で願ってたこととか、俺は全部経験している。

くそ、何が修学旅行だ！　どこに「学」を「修める」要素あったんだよ！　ただ京都に旅行に行っただけじゃねえか！　班員がみんな違う部屋に遊びに行ってた間、一人で五人部屋のガーディアンやってたわ！

いかん……。中学の闇《やみ》を覗《のぞ》き見てしまった。深淵《しんえん》はあまり覗くともっていかれる。

二人で扉の前で並んだ。あくまで今だけだ。

俺は勢いよく、生徒会室の扉を開いた。さっと高鷲は左に移動する。

奥の席で書類を並べているエリアスと目が合った。

「エリアス、人間関係の悩みなら任せろ！」

「業平《なりひら》、君はここまで来て、よくそんなことが言えるねえ」

エリアスの表情には敵意があった。こいつも高鷲《たかわし》同様、俺の前では笑わないよな。哄笑《こうしょう》みたいなのはよくするけど。

ていうか、悩みを打ち明けるみたいな展開になってないぞ……。

「たしかにこの問題は君たちにしか解決できないという点では間違ってはいないし、わたしの悩みと言えなくもないがね」

俺は横目で左手にいる高鷲《たかわし》をちらっと見て、わざとらしく咳払《せきばら》いした。

お前からも何か言ってくれという合図だ。

どうも雲行きが怪しい。俺とエリアスだけでは話が悪いほうに進みかねない。

こくりと小さく高鷲がうなずく。

よかった、理解してくれたようだ。

「ねえ、ドリ子――」

「ここであだ名は使うな！」

それ、どんないいことを言っても台無しのやつっ！

「…………ほう、そうかい……成績トップの君からすると、わたしは……しょうもないあだ名をつけられるだけの存在なのだね……。ちなみに、そのドリはドリンクなのかドリルなのか、どっちだい……？」

「前者よ」

平常心を装《よそお》っているが、地味にダメージが入ったらしく、エリアスは額に右手を当てていた。高鷲、何してんだよ！　敵を殲滅《せんめつ》するのがミッションじゃない。防御の態勢に入られる前にたたみかけてしまえみたいな考えは困る。

「エリアス、今のは誤解だ！　忘れてくれ！」

「ニックネームで呼ぶという私なりの親愛の表現だったんだけど効き目なしね」

「お前にとってだけ都合よすぎる解釈なんだよ！」

スタートダッシュをいきなり失敗した。

なあに、まだまだ挽回《ばんかい》できる。ほら、四月に仲のいい奴《やつ》を作れなくても五月に………作れないから、俺たちぼっちだったんだよな……。

「副会長、あなたが困ってることなら私たち、人間関係研究会が力になれると思うの。発足以来、六十五年の伝統があるわ」

学校の歴史より長いじゃねえか！　創立五十年たってないぞ！

「目を見て話さないということはウソなんだね」

即座にばれたけど、目を見ないのは異能力が発現するからだ。でも、その理由すら言ってないわけだから、エリアスがそう認識してもやむをえない。

高鷲は気にせず（本当に気にしてない可能性もある）、そのまま話を続けた。

まるで本当に六十五年の伝統があるまともな団体みたいに落ち着き払っていた。

「すでに副会長もわかってるかと思うけど、私もグレ……波久礼《はぐれ》君も友達がいないわ。だからこそ、どうしたら、そういう状態から抜け出せるか真摯《しんし》に考えてきた。助けを求めてきた手をはらうようなことはしない。私たちを信じて」

ちらちらと会話中、高鷲がエリアスに目を合わす努力をしているのが視線でわかった。

目を合わせ続けることはできなくても、あなたに話しているという意思表示はこれでできる。

「そうか、業平《なりひら》はなかなかいい仲間を見つけたようだね。てっきり脳内に架空の友人を創《つく》って、そいつと会話するしかないぐらい追い込まれてたと思ったが」

腐っても小学校からの付き合いなのに容赦《ようしゃ》しなさすぎだろ。

エリアスの表情がやわらかくなった。

おっ、いい流れだ。あと一歩で押し切れる。物理的にも半歩ほど前に出た。

「さあ、どんなことでも人間関係研究会に相談して」

「心得た。このわたしも心置きなく言えそうだ」

生徒会の人間関係でも、クラスの友達付き合いでもなんだって言ってくれ！

「空《あ》き教室の不法占拠《せんきょ》を即刻やめてくれたまえ」


俺は目が点になった。

「えっ……俺たちが呼ばれたっていうのは……」

「それだよ。ったく、業平はいつまでたってもイヤガラセみたいなことをしてくるな！」

エリアスがシャーッ！　と口を開ける。鋭《するど》い八重歯《やえば》がのぞいた。

「五階の部屋を君たちが放課後、無断で利用している報告を受けている。昼休みぐらいならまだ目をつぶれたけど、しょっちゅう放課後に使うようなら許可を得てもらわないと困る」

「話し合ってるだけなんだからいいじゃない。しかも余ってるわけだし、ドリ子はケチね」

高鷲《たかわし》がすぐに反論した。こいつは、ぼっちだけど、割合血の気が多い。

エリアスは頬《ほお》をなぜか一段階赤くして、うつむいた。

えっ、これは俺と高鷲が一緒《いっしょ》にいるのが嫌《いや》とか、もしや、そういう妬《や》いてる的なアレか？

「放課後、特定の男女が人気《ひとけ》のない最上階にある空き教室をずっと使ってるとなると……風紀的にいろいろよくないだろう……？　あとは察してくれ」

「すまん、俺が悪かった……」

事情を知らない人間からしたら、かなり異様に映るのか。そうか……。

なぜか左の手で高鷲は口を押さえていた。

考えてもいなかったのか、言葉にならないといった感じだった。

「それはないわ……名誉毀損《めいよきそん》もはなはだしいわ……。今すぐガソリン頭からかけて火をつけたい。グレ君に」

照れるんじゃなくて本気で屈辱《くつじょく》って反応、やめろ。あと、俺殺す流れ、やめろ。

「どうしても使いたいなら、ちゃんと申請をしてくれ。多分、人間関係研究会では人数的にも内容的にも申請は通らないと思うけどね」

エリアスは机に両肘《りょうひじ》をついて、そこに顔を載せた。すごく、ダルそうだった。

いや、まだ、本心を隠しているということもある。ここは付き合いだけは長い俺が踏み込むべき時！

「エリアスは人付き合いの悩みとかはないのか？」

「ないよ」

即答。じゃあ、俺たちの目的は失敗確定だ。

「ちなみに、君たち二人はどうしてわたしが人間関係で悩んでると考えたんだい？」

「副会長は多忙なうえに権力をかさに着る性格だから、友達もいないと思って来たの」

そこを正直に言うなら、結成六十五年とかって盛ったところも省《はぶ》けよ！　火に油注いでいく発想、マジでやめろ！

「名義だけでもけっこうだから、会員にならない？　こっちも頭数はほしいし」

「断る。むしろ、活動内容がうさんくさい研究会として、積極的につぶすことにする」

最悪！

「エリアス、こっちは人畜無害なぼっちなんだ。つぶすまでしなくていいだろ」

「業平《なりひら》、こんなことわざを知ってるかい？『いじめられる側にも原因がある』」

「ことわざじゃねえよ！　そんな、いじめる側に都合のいい論理持ち出すな！」

「しかし、これはイジメじゃない。わたしは君を大嫌いだが、私怨《しえん》で処罰するようなことはしてないよ」

エリアスがあらためて俺をにらんでくる。人に慣れてない野良猫の表情だ。

えっ……。純粋に嫌われてる……？

俺、いったい何をしでかしたんだ？

「あなた、まさか中学の時、ドリ子のリコーダーを舐《な》めたりしてないわよね？」

「しねえよ！　心当たりねえよ！」

「リコーダーを盗んだことは？」

犯罪におけるリコーダーの比重が高すぎる。

だけど、これはある意味、いい機会かもしれない。

はっきりとエリアスが俺を嫌いだと言った。理由がわかれば改善もできる。

底まで評価が下がっているなら、あとは上がる一方だ。

「もし何かエリアスを傷つけることをしていたのだとしたら謝るからさ……。教えてくれ」

この異能力のおかげで知らないうちに誰かを不幸にした可能性がゼロではない。

俺は小学校でこの力を手にしてしまって以来、常に相手に気をつかわないといけなくなった。

けど、どれだけ気をつかったって、相手を苦しめてる可能性はゼロにできない。

相手のほうも異能力だからしょうがないと思って黙ってることだってあるだろうし。

そんな善意が想定できることがかえってつらかった。俺がどれぐらい迷惑か全部わかれば、いっそ開き直れた。

「よし。そこまで言うのなら、隠し立てはやめにしよう」

エリアスは両肘《りょうひじ》をつくのをやめて、膝《ひざ》の上に手を載せた。

きっと、エリアスなりに俺たちに敬意を払った態度だと思った。

「わたしは、業平《なりひら》、君に憧《あこが》れていた。いや、過去形にするのはずるいな。惚《ほ》れている」

俺の顔からエリアスは少しも目をそらさなかった。俺もその言葉に硬直して見つめ合うしかない。

これは……まごうかたなき愛の告白⁉

エリアスは寂《さび》しげな瞳《ひとみ》をしている。熱はなくて、ただ憂《うれ》いだけがにじんでいる。

いやいや、愛河《あいか》の時に勘違いしたばかりだ。でも、エリアスの場合は異能力がからんでることはないはずだし……。

今度こそビンゴか？　まさか、ぼっちで苦しいと思っていた高校生活の中にそんなフラグが隠されていただなんて……。

そうだよな、これだけ孤独な日々を耐えてきたんだ。

高鷲《たかわし》が言っていたように、報《むく》われてしかるべきだ。

禍福《かふく》はあざなえる縄《なわ》のごとし。ぼっちに耐えたから次はリア充になる番だ！

付き合おう、エリアス！　副会長の仕事が終わるまで、俺は待つから！

「君の戦闘に特化したその異能力に、わたしは惚《ほ》れていたんだ」

男子の前でそんな紛《まぎ》らわしい表現を使うの、犯罪だと思う。

横で高鷲《たかわし》がむせながら笑っていた。そんなに俺、わかりやすかったのか……。

「腹筋が鍛《きた》えられたわ。ありがとう、グレ君」

「感謝されたくない時に限って感謝するな」

「ところであくまで一般論なんだけど、非モテが続くと、自分に話しかける異性はみんな自分に気がある相手かもと思ってしまうらしいわね」

「……俺にガソリンぶっかけて火をつけてくれ」

味方からの追い打ちの威力が強すぎる……。

エリアスのほうはよくわかってないらしく、きょとんとしていた。たしかにエリアスに色恋の話が絡《から》んだのを聞いたことがない。エリアスにまで知られてないのがせめてもの救いか……。

「つーか、俺の異能力、どこがいいんだよ?」

電車に乗る時なんて、どれだけ気をつかうことか。一駅ごとに違う車両に乗り換えるとか、わざとすいてる各停に乗るとか、常に苦労しているのだ。

エリアスは立ち上がると、隅《すみ》にある部屋の流しにいって、水を出した。

こいつの力が水に関わるものということは知っているが、具体的にどういう効力を持つのかいまいちわかってない。目にする機会なんて、そうそうないせいだ。

グラスに水を入れ、しばらくたってから違うグラスに七割ほど移し替えた。

元のグラスに残った水は捨てて、また水をなみなみと入れてから、ほかのグラスに七割ほど入れる作業を繰り返す。

何をしたいのかよくわからない。マジックショー？

「はい、二人とも、飲んでみてくれ」

水道水入りコップを渡された。

「毒は……？」

「自分の人生を無駄にしてまで殺す価値が君にあるのかい？」

長年、敵認定しているだけあって、こっちの毒舌もきつい。

とにかくとっとと飲む。

「この水道水、山中から出てる湧《わ》き水レベルだわ！」

「あらゆる化学薬品を煮詰《につ》めたような味がするっ！」

俺と高鷲は二人揃《そろ》って驚愕《きょうがく》していた。ついでに相手の反応を見て、一粒で二度驚愕した。

「待てよ！　これのどこが湧き水なんだよ！」

「むしろ、これで薬品の味がわかるって、グレ君、水ソムリエなの？」

「簡単なことさ。高鷲さんのほうは最高においしい水、業平《なりひら》のほうは最低の水に調整した。これがレベル５の異能力というものだよ」

エリアスが座ったまま、胸を張った。巨乳なので、さらに制服が張った。

「わたしの異能力は純水操作——水を浄化して、きれいな部分と不純物に分離できるんだ。高鷲《たかわし》さんのは不純物を底に沈殿させたので、上のおいしい部分だけを飲んでもらった。業平《なりひら》のはその逆だ」

「威張る割りには、地味ね」

高鷲が本音を言った。

気に障《さわ》ったのか、エリアスのこめかみがぴくっと動いた。

「ああ、地味さ。どうせ、地味さ。だけど、わたしにはすでに三つの飲料水メーカーと、七つの大手酒蔵からオファーが来ているんだ。入社したら初年度から年収二千万は確約らしい。大学の理系の研究室からも受験してくれれば0点でも絶対に入学させると言われている」

「圧倒的に人生勝ち組！」

これが貢献《こうけん》レベル5の異能力か！

大学受験も就職活動もすでに終わってるぞ。そりゃ、生徒会に時間だって割《さ》けるわ！

「わたしの異能力は間違いなく世界のためになるものなのだよ。人間の体内の七割は水。その七割に関与するわたしの異能力は何物にも代えがたいっ。わたしに生きているだけで人のためになってるという承認欲求を得ることができるのだ！　ふははははっ！　はははははっ！」

くそっ！　血の涙が出そうなほどうらやましい！

あまりにも俺の真逆じゃないか！

だが、高笑いがひとしきり終わったあと――

エリアスの表情に翳《かげ》が差した。

「しかし……わたしはこんなことで満足したことなど一度もない」

「欲望底なしね」

「黙れ」

なぜか言った高鷲だけじゃなく、俺までにらまれた。

「………わたしは、ただ、正義の味方になりたかっただけなんだ……」

まさかと思ったが、エリアスの目から涙が落ちた。

泣くようなことはなかった気がするが、エリアスはたしかに泣いている。

「業平、君が小学校でドレインの異能力を手にした時、わたしはうらやましくて、うらやましくて、たまらなかった。自分もそんな力を授《さず》かりますようにとサンタクロースにすら願ったものだよ」

「それ、少なくとも小五の時点でサンタクロース信じてるよな」

「うるさい！　神社に志望校合格を祈るのとどう違うんだ！」

なるほど、納得……していいのかな。わからんでもないが。

「だから、異能力に目覚めた時は本当にうれしかった。中学の時、理科の実験でわたしだけ、結果が全然違ったんだよ。あとで異能力のせいだとわかった。これで悪い奴《やつ》をばったばったと倒す、そんな人間になれるはずだと思った」

たしかにそんなことがないと発現に気づきづらい能力だよな。

「でも、水を浄化してどうやって勝てる……!?　どうやって人の危機を救える……!?」

どんっ！　エリアスは机を思い切り右のこぶしで叩《たた》いた。

そして、「いったぁ……」と手を押さえていた。自業自得《じごうじとく》だ。

「こんな水の異能力、ちょっと大手企業に研究員枠で採用されるぐらいじゃないか！　年収二千万のために生きてるんじゃないぞ！」

「おい！　幸せ自慢はやめろ！」

だんだん聞いててイライラしてきた。

就職先に困らないだけで勝ってるんだから、素直に神とか仏とかに感謝しろや！

「こちとら、毎日、周囲の人間に被害が出てないか考えながら生きてるんだぞ！　どんだけハンデがあると思ってんだ！　年収二千万どころか働ける場所すら限定されてくるわ！」

言ってて怖くなってきた。俺はまともな企業から内定もらえるのだろうか……？

怖いならとりあえず大学には進学しよう……。

「そうよ。だいたい、グレ君の異能力、正義の味方というより、正義に立ちはだかる悪役よ。相手の力を吸い取るなんて正義側の能力じゃないって」

けっこうひどいこと言われている気がするが、今回は高鷲《たかわし》に何も文句を言うつもりはない。

ずばり、そのとおりだ。

「悪人っぽく見えようと、戦えるんだからいいじゃないか！　うらやましいぞ！」

「戦えるって、いったい、どこで戦うんだよ！　立ってるだけで相手を攻撃するんじゃ、格闘技にも出れんわ！　運動部にすら入れないんだよ！」

「なんか、あるんじゃないのか？　異能力者によるトーナメント戦とか！　ほら、漫画とかでよくあるじゃないか！」

「ここは漫画じゃなくて現実だ！　お前みたいな異能力のほうが金にもなるんだよ！」

こんな理不尽《りふじん》な気持ちになったのは久しぶりだ。恵まれてるのに不幸な顔しやがって！

「はいはい」

ぱんぱん、と高鷲が手を叩いた。

「隣《となり》の芝は青いということよ。この勝負、引き分けということでいいわね？」

こっちは芝というか、砂漠って自己認識なんだが。

「ドリ子、五階の教室は今日から三人で使ってるの。さすがに三人だともっと変な噂《うわさ》が立つなんてことはないわよね？」

「まっ、それはそうか……。ただし、教室の使用許可だけはとってくれ」

高鷲の言葉にエリアスがあっさりと引き下がった。久々に高鷲って無茶苦茶《むちゃくちゃ》成績がいいということを思い出した。というか、こいつもぼっちであることを除けば勝ち組なのでは。

「もっと人数が増えたら正式に生徒会に申請するから」

「あまりにも変な活動だと許可しないかもしれないからね。それと、ドリ子って言うな」

「じゃあ、権力あるから……権力《ゴンリキ》ー」

「……ドリ子でお願いするよ」

エリアスが匙《さじ》を投げた。

話は終わった。

結局、こちらの早とちりだったわけだ。友達ほしいなんて連絡はそうそうない。

長居は無用なので、俺たちは出ていこうとする。

「あっ、ちょっと待ちたまえ」

エリアスが右手を前に突き出すように伸ばした。

「友達がいないと言っていたが、わたしには高鷲《たかわし》さんがどうしてぼっちなのか理解ができんのだ。口や態度が悪いとはいえ、それだけで友達というのは作れないものか？」

「横綱を全員倒してもなぜか優勝すらできない大関もいるの。世の中は理屈だけでは解決しないこともあるし、事実として私には友達がいない」

高鷲はエリアスのほうを向き直らなかった。

「だが、今は業平《なりひら》という友達がいるのではないかい？」

俺は珍しくエリアスにお礼を言いたくなった。そうだ、俺と高鷲はいつも二人で行動している。

「…………さあ」

高鷲の態度は、そっけないというより、寂《さび》しげな感じだった。

「…………友達いないままだったから、何が友達かよくわからないし」

何を言っていいかわからないから黙っていたけど、はっきり言って悲しかった。

そこは友達って認めてほしかった。

これ、ガチで「わからない」って態度だし。で、高鷲がガチで悩んでるのもわかるから、「友達って認識しろよ！」みたいに勢いでも言えないし。

俺は先に生徒会室を出た。高鷲が廊下に出てきたのを確認してから歩き始める。

高鷲がしょんぼりしていると感じる時は、背が低くなってるように見える。

「友達ってはっきり認めなくて、怒った？」

「あくまで俺たちは同盟を結んだだけだ。友達になるって決めたわけじゃない」

怒ったわけじゃないから、ウソじゃない。

「そうよね」

俺は先へ、先へと歩いていく。

そこから数メートル離れたところをきっと高鷲がついてくる。

もし俺が高鷲の隣《となり》を並んで歩けたら、もっと仲良くなれたのかな。

# 菖蒲池愛河

●あやめいけ・あいか

## 愛河って、自分のことを本気で愛してくれてる人が誰かわからないんですよね。

AIKA AYAMEIKE

**★貢献レベル：1**

**★異能力名：チャーム**

### 備考欄

- 天然小悪魔。意図的じゃないところが末恐ろしい。
- 異能力のせいで「サキュバス」と陰口を叩かれている。
- 他人の好感度を二十倍に増幅させる。相手が好意を感じた瞬間に作用する。常時発動型。

### 異能力評価

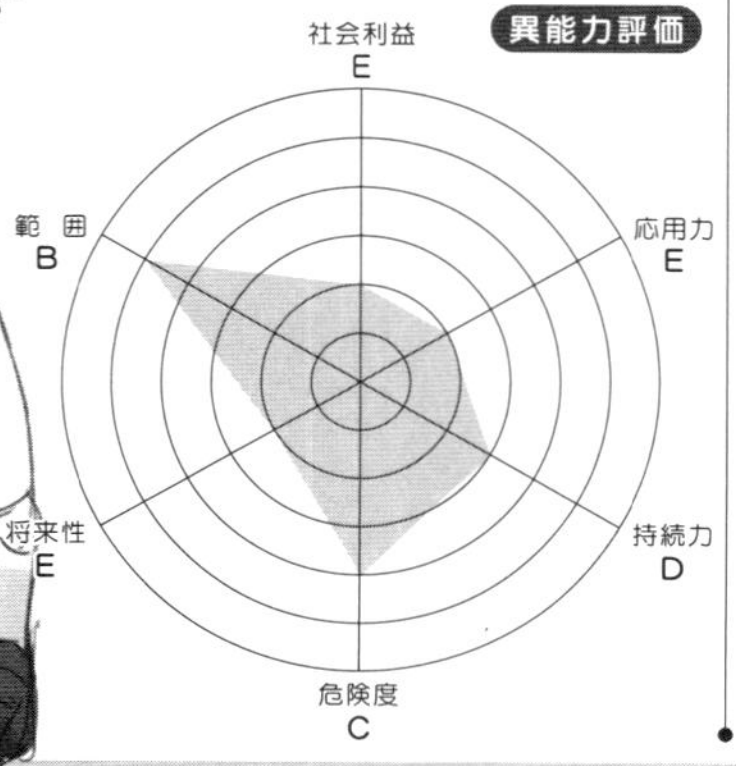

竜田川エリアス

●たつたがわ・えりあす

# わたしは、ただ、正義の味方になりたかっただけなんだ……。

ELIAS TATSUTAGAWA

**★貢献レベル:5**

**★異能力名:純水操作**

**備考欄**

- 生徒会副会長。真面目で優等生だが、変なところで常識がない。
- 業平と幼馴染だが、とある理由で敵として認定している。
- 水を浄化したり、きれいな部分と不純物に分離できる。意思発動型。

**異能力評価**

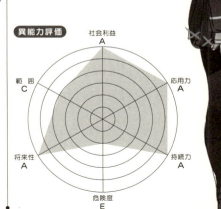

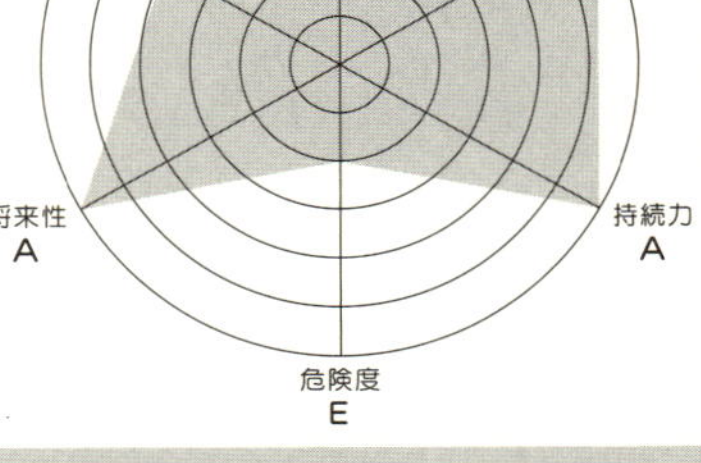

# 5 人間関係作るのが下手な者同士で争ったら、修復の仕方がわからなくなった

六月になったのに、雨はほとんど降らなかった。梅雨《つゆ》はどんどん遅くなっているみたいだし、もしかすると秋雨の時期のほうが雨も多いかもしれない。

それが何を意味するかといえば、外でメシを食べる日が減らないということだ。途中で中間テストがあったから、その時は一時的に減ったけど。

その日の昼休みも、俺は中庭の隅《すみ》にいた。狭い通路を挟んで、高鷲《たかわし》と愛河《あいか》が並んで、俺が通路の逆側に座る。俺だけ何かの審査員のようである。むしろ初見で三人組と認識されたら逆に怖い。

「グレ君、そのカレー、クラスにいた時から、ちょっと臭《にお》ってた」

「マジか！　すまん……」

今日の食事は朝にコンビニで買ってきたカレーの弁当だ。学食にある電子レンジでほかほかにしてきた。

「もうすぐ夏ですね！」

「梅雨もはじまってないわよ。その前にあなたは期末テストの心配でもしなさい」

愛河と高鷲が見事に陽と陰が対になった会話をしていた。この光景も慣れてきた。

「愛河、英語と現代文と古典と英語と世界史と生物がわからないんですよ……」

自分の頭を愛河は叩《たた》かれるのをブロックするように押さえた。

「ほぼ、全部じゃない。その調子だと中間もヤバかったんじゃない？」

「百六十人中、百二十八番目でした……」

それ、ガチでよくない点数だ……。その様子を高鷲は何食わぬ顔で見ている。

「ところで、話題は変わるけど、私は一位だったわ。グレ君も二十三位だった」

「明らかに話題変わってないだろ！　お前が成績いいのはわかったけど！」

「グレ君も成績底辺層が革命起こしたら射殺される側の点数じゃない」

「そんな革命起こるか。だいたい、クラス内ヒエラルキーなんてテストの点で決まらん」

あ〜あ、十位以内に入ったら友達がもらえるとか、そういう社会だったらな〜。

カレーは思ったよりもからいタイプだった。俺は甘いほうが好きだ。

俺たちの間を男子二人が歩いていく。通路なのでこうやってちょくちょくさえぎられる。二人はちらちらと高鷲・愛河という陰陽コンビを見ていた。

ぼっちは他人にどう見られてるかに敏感《びんかん》なのだ。

どれぐらい敏感かというと、街で向こうから来る知らない女子たちが笑ってるのを見ると、自動的に自分が笑われているんじゃないかと考えるレベル。

でも、今は視線を浴びる理由もわかる。高鷲も愛河も西高《セイコー》の有名人なのだ。

愛河《あいか》はサキュバスと言われて女子から嫌われてたけど、スクールカーストの地位が低いわけじゃない。むしろ高い。それは高鷲《たかわし》も同じだ。

これが俺と二人の決定的な違いだ。

男のぼっちというのはたいていの場合、スクールカーストが低い。つまりクラス内の影響力も小さい。一言で言えば、いてもいなくても変わらない路傍《ろぼう》の石である。
**※思いのほか、自分で考えた例がひどかったので、帰って泣きます。**
しかし高鷲はクラスでは触ってはいけない孤高のキャラと認識されてるし、愛河も男子からのウケは確実にいい。どっちも容姿的な意味で勝ち組だし。一目置かれている人間なのだ。

「えーりん、一緒《いっしょ》にテスト勉強しましょう！」

「対価は？」

テスト勉強しようって言う時の返答じゃねえな。

「私にとってあなたと勉強をするメリットが何もないわ。そうね、学年二十位以内に入ったら教えてあげる」

それ、プロになる秘訣《ひけつ》をプロに教えてほしかったらプロになれ的な論理だぞ。相変わらず、他人を拒絶する防壁が高い。

けれど、愛河も壁破りには相応のスキルがある。

「二人でテスト勉強したらきっと楽しいですよ！　思い出にもなりますって！」

宝石でも埋め込んでるのかというキラキラした目で愛河は主張した。そう言いつつ、おかずらしきものを高鷲の弁当箱にリリース。物での賄賂《わいろ》も送る。

そう、思い出作り――高鷲とまったく違う価値観で一緒に勉強する意義を訴えたのだ！

「そ、そういうのってやりがい搾取《さくしゅ》だって、クリエイターが唾棄《だき》するものの一つで……」

まずい状態になると、高鷲の声は少し小さくなる。

そんな二人に相変わらず視線が送られている。

どうもほかのリア充層すら、あれはなんなんだという気持ちでいるらしい。視線でわかる。
**※これは異能力ではなくて、ぼっちに備わる力です。**
俺たち三人は中庭界における台風の目になっていた（俺自身の影響力はないうえに他人並みに離れてるけど）。

「――じゃあ、業平《なりひら》君、一緒に勉強しませんか？」

「あふぇっ!?」

声をかけられてるのに気づかなかったうえに、勉強しようと女子に誘《さそ》われるという未経験のことだったので、変な声が出た。

「業平君、どんな声出してるんですか～」

くそっ、笑顔がまぶしくて、抱き締めたくなる！　せめて八十センチぐらいまで近づきたい！

これ、絶対に愛河の異能力だ！　わかってるけど、その笑顔、俺が守りたいっ！

「わ、わかった、考えとく……」

「やったー！　これで成績アップ！　えーりんも一緒ですよ！」

愛河《あいか》はわざとらしくバンザイのポーズをとっていた。高鷲《たかわし》と比べると動きが多い。

「なんで参加者に加えられてるのかしら……」

きっと内心はうれしんだよなと俺は思った。高鷲みたいな防壁の高いキャラはこれぐらいやったほうがいいんだ。ここには遠慮という日本で顕著な美徳はないほうがいい。

ただ、今度は視線じゃなくて声が聞こえてきた。

――あのサキュバス、また別の男を引き込んだみたいだね。

――居場所ないから、ほかのクラスの男を捕まえにいったか。

――デートしつつ極端に早い門限持ち出して生殺しにするんでしょ。

…………。自分のことじゃなくても、こういうのって傷つくものだな。

やはり、愛河は女子からは不倶戴天《ふぐたいてん》の敵というほどに憎《にく》まれてる。

「あっ、業平《なりひら》君、思いっきり手にカレーついてますよ！　ほら、制服にも！」

「げっ！　しまった！　コンビニのカレーをなめていた！」

愛河に言われて気づいた。このカレー容器はかなりこぼれやすい。

膝《ひざ》の上に置いて食べてたせいか？　でもフタを下に敷いてたんだけどと思ったら、フタがすでにカレーで汚れていた。

「ったく、食事中に汚いわね」

「いや、その表現おかしいだろ！　食事中につく可能性のあるものなんだよ！」

「業平君、ちょっとじっとしててください」

そう言った時には愛河はティッシュを出して――俺の真ん前まで来ていた。

一メートルがどうのこうのと言い出す暇《ひま》もなく、まずズボンをふかれていた。

「ああ、顔もついてますね～」

別のティッシュで口元もぬぐわれた。

語弊《ごへい》があるのは承知で表現するが――――すごく気持ちよかった。

「はい、手は自分でふけますよね？」

ティッシュの袋を渡された。駅前で配られてるパチスロの店新規オープンみたいなやつじゃなくて、なめらかティッシュと書いてあるわざわざ買わないといけない高級タイプ。

「ああ、うん、ありがとうな……」

愛河が元の一メートル外側の場所に戻っていく間、俺はぼうっとティッシュで手をふいていた。普通の人間はこんな距離感で生活しているのか。距離感がリア充。

なめらかティッシュは名前のとおりなめらかすぎて、すぐに破れた。

「ドレインのせいで破れたんじゃないの？」

明後日《あさって》の方向を見ている高鷲が皮肉っぽい口調で言った。

視線なんて合わないのに、なぜかにらまれている気がした。

★

放課後、俺はシミュレーション室に行った。

高鷲《たかわし》はすでに入っていて、頭にヘッドフォンをつけて、革のブックカバーがついた文庫本を読んでいる。

二人一緒《いっしょ》にここに入ったら、クラスから付き合ってるなどと思われかねないので、別々に向かうのは基本ではある。以前にエリアスにも注意されたというのもある。

自意識過剰《かじょう》なんじゃない。ぼっちは目立つのを嫌うのだ。なぜなら目立つことにメリットがないからだ。リア充は目立つことをやれば仲間と盛り上がることができる。しかし、ぼっちが目立っても、コンテンツとして外部の人間が楽しむだけだ。目立ってるから友達になってやろうと思う奴《やつ》はいない。なんの施《ほどこ》しも受けてないのに一方的に消費されてたまるか。

その日はＬＩＮＥにも行くと連絡がなかったけど、高鷲はちゃんといた。連絡が不要なぐらい、お互いにこの部屋を使うのがデフォになってると肯定的にとらえよう。

「お疲れ様」

高鷲に声をかけたけど、返事はない。返事ぐらいしろと思ったけど、まあ、いい。音楽聴いてわかってないのかもしれんし。後ろに下げられている机を一つ引っ張り出した。

離した机で今日出た英語の宿題を一つやる。

こんなにのびのび学校の宿題ができるだけでも無茶苦茶《むちゃくちゃ》ありがたい。

休み時間に机に突っ伏して寝ようと、黙々と宿題をしようと、スマホをいじろうと、そんなの自由のはずだ。個人の勝手だ。

だが、ぼっちに見えそうという理由で俺自身が宿題を広げるのに気まずさを感じる。

俺はぼっちだけど、ぼっちだからこそ、ぼっちと思われたくない。

リア充と思われる必要はないけど、普通の高校生だと思われたい。

だから、このシミュレーション室は人目を気にしなくていいから、本当にありがたい。

これが精神的解放であり精神的自由なのだ。

「お二人とも、どーもーっ！」

しばらくすると、愛河《あいか》がぴょんと足を揃《そろ》えてジャンプして入ってきた。

「コンビニでお菓子《かし》買ってたら遅くなっちゃいました。はい、『あまきす』どうぞ」

ピンク色の箱を愛河は差し出してくる。

「あっ、これ、クソ甘いことで有名なチョコレートだな」

「そうなんですよー。でも、この甘すぎるのが愛河は癖《くせ》になってるんですよねー。甘すぎるからそんなに食べないでしょ。つまり、ちょっと節約できるんです！」

「じゃあ、最初から買わなきゃいいんじゃ……」

「あ〜、業平君《なりひら》、それは言わないお約束ですよ〜」

あまり近場で長居させるとよくないので、チョコレートの入った個包装を一個取る。口に入れる。最初はココアパウダーでちょうどいい甘さなんだけど、その層が消えると、強烈《きょうれつ》なストロベリーチョコの層に激突する。

おっ、来た来た。破壊力抜群の層に！　カレーは甘口が好みの自分でもきつい！

愛河《あいか》は今度は高鷲《たかわし》のほうに『あまきす』の箱を持っていっていた。

「今はいらない」

本から目を離さないまま、高鷲が言った。

「えーりん、甘いの苦手そうですもんね〜」

「あなたがそう思うなら、それでいいわ」

そんなやりとりを聞きつつ、俺は黙々とプリントを埋めていく。英語も文法はほぼ暗記科目なのでぼっちの味方だ。

「あっ、業平君、英語のどこやってるんですか⁉」

愛河がのぞきこんできた。

「これ、もうやった？　五組は早かった気がするけど」

俺はプリントを掲げる。

「やりましたよー！　全然わからなかったですけどねっ！」

なんでわからんことをテンション高く言えるのか。相変わらず、感情表現が派手だ。

サキュバスの異能力は痛いほど知ってるけど——愛河の表情が一つ一つ特別なものに見える。

も、もう……本気で振られるの覚悟で告ってみるかな……。ぼっちから彼女持ちに五階級特進を狙《ねら》うつもりで。失敗しても青春の一ページ的なアレになるかもしれないし。いや……それで気まずくなったらもったいない。俺にとって友達の価値はほかの高校生の三百倍高い。

「あの、業平君、そこ、愛河に教えてくれませんか？　今出せるギャラは『あまきす』しかないんですけど」

チョコレートの箱を顔の前に出して、愛河は中腰になって、俺と目線の高さを合わせる。それから、左の目だけ閉じて、「どうですか？」と笑う。

やはり、かわいい。どこまでが計算かわからないけど、かわいい！

「い、いいけど……ドレインは大丈夫かな……？」

大股《おおまた》で一歩だけ退がって、またすぐ愛河は戻ってくる。

「それなら、こんなふうに適宜《てきぎ》行ったり来たりしますから！　ご心配なく！」

「いや、でも、繰り返すとジャブみたいに効いてくるから——」

「あなた、いいかげんにしなさい！」

高鷲《たかわし》が文庫本を机に押しつけるように閉じた。

うつむいていた顔が上がる。

顔はいつもの仏頂面《ぶっちょうづら》だったように見えたけれど、文庫本に置いた手はどけられないままで、まるで何かつかんでおかないと不安でたまらないみたいだった。それから余った方の手でヘッドフォンを大儀そうにはずす。

「菖蒲池《あやめいけ》さん、あなた、グレ君の邪魔になってるわ。ドレインの異能力について、距離感について、もうちょっとデリケートになってもいいんじゃない？」

俺も混乱する。その言葉だと、高鷲は俺のためにキレたことになる。

それから、俺は愛河《あいか》が邪魔だったかどうかと考える。

正直、よくわからなかった。これまでの自分にない経験だったからだ。

「あ、愛河は、め、迷惑かけてたつもりじゃなくて……」

『あまきす』の箱を持ったまま、愛河はふるえている。

いつもの高鷲がやる軽い拒絶とは空気が違っていた。空気が違うとしか言いようがなかった。感情が強く表に出てきている。はっきりと憤《いきどお》っている。

それは愛河もわかっているから、笑顔でごめんと言って逃げられない。

「自覚症状がないなら、なお悪いかもね」

まだ、高鷲は言葉を続ける。

正直、何が起こっているのか、俺の頭が追いついてなかった。

「人には適切なテリトリーというものがあるの。もちろん、それを死守しすぎれば孤立しちゃうけれど、ずかずか入ることが正解にはならない。望んで手にしたものじゃなくても、グレ君は自分の異能力に罪悪感を抱《いだ》いてるの。そして誰かに近づかれてもグレ君は気をつかうの。異能力者はそういうものなの。あなただって異能力で困ってる側だから、わかるわよね？」

怒っているはずなのに、なぜか高鷲の顔は息苦しいようにゆがみだしてた。

余裕というものがなくなって、多分高鷲だけでなくて、俺も愛河も窒息《ちっそく》しそうになる。

「あなたのやってることは『誤り』ではないわ。でも、それは一言で言えばコミュニケーションが得意な人間の正解なの。あなたは孤立してたかもしれないけど、その……ぼっちの中でも特殊なの。あのね、私たちのことを理解してとは言わない。でも、違いがあるって知ってほしいの。ぼっちにはぼっちの正解が……あるから……。わかる……？」

やけに高鷲の言葉が増えている。

高鷲が一方的にしゃべる形になってしまっている。それを高鷲も望んでいないのは声の質からわかった。愛河は高鷲がよく言う毒舌で攻撃してかまわない「敵《かたき》」じゃなくて仲間だから。

愛河の表情が真顔だった。気の弱い生徒が教師に叱《しか》られた時の顔だった。

俺が助け舟を出すべきか？　でも、どう言ったらいい？

なんとかして、空気を入れ替えないといけないと思った。まず、空気だ。このこもった空気が危ない。このままだと、もっとよくないことが起こる。

文句を言われていた愛河《あいか》は、当然高鷲《たかわし》の顔を見つめていた。

高鷲も視線をそらすことを失念していた。あるいはできなかった。

電光掲示板が出た。

【あれ、なんでこうな空気になっちゃったんだろ……？　でも、私が我慢できなかったのは事実だし、彼女のほうが間違ってるはずだし……。こういうこと言うから浮いちゃうのかな……？　けど、ぼっちってこういうものだし、これが理解してもらえないなら、結局この子とは合わないってことだし……正直言ってウザいっていうか、私に全然合わない。私たちと違う】

以前よりも速いペースで文字が流れていく。それだけ高鷲の心に言葉が渦巻いてるんだろう。

「愛河のこと、本当にウザいって思ってたんですね……」

愛河が口を押さえて、涙ぐんだ。

チョコレートの箱が床に落ちて、小さな袋がばらばらこぼれる。

「ち、違うの……ウザいとまでは私は思って――」

「思ってるじゃないですか！　その異能力は思ってることを表示するものなんですから！」

【待ってって！　そこでキレるみたいになるの反則じゃない！　そんなのこじれるだけなんだから、大人になってよ……。落としどころがないじゃない……】

「先にキレたのはそっちですし、そもそも最初からウザいと思ってるんだったら、どうしようもないじゃないですか！　愛河《あいか》だって、仲良くしようとしてたのに……。あなたも聞こえる声で陰口言ってたクラスの人たちとおんなじです！」

床を蹴《け》る強い音が鳴った。もう、愛河は体を後ろに向けて、自分のカバンをひったくると、廊下に飛び出していった。

追いかけるつもりだったけれど――できなかった。

高鷲《たかわし》の目も涙ぐんでいたから。

【だから、この異能力、嫌《いや》だったのよ……。だいたい、人の心を読んで判断するとか卑怯《ひきょう》だって……。人間の心なんてたいてい醜《みにく》いわよ……。私以外の心だってこんなものよ。それをそのまま出したら争いになるから言葉でわかってもらえるように努力したのに……】

もらい泣きって言うんだろうか、俺まで泣きそうだった。

「高鷲、言い方はともかく、お前の言葉は間違ってなかったと思う」

「私、怒ろうとしたつもりはなかったわ。あの子が目指してるものはリア充的な友達観だから、私たちはそういうのを考えてないって伝えたくて……」

ぼっちにはぼっちの正しさがあるというのは、そのとおりだろう。

だけど、正しいことを伝えるのにも手順ってものがあった。

多分、ぼっちはその手順がおかしい。あるいは経験が少なくて、悪い手を選ぶ。

「でも、心は隠すべきだったよな。もう、手遅れだけどさ」

心をこめて話せば通じる——そんなのは大ウソだ。あるいはぼっちの中だけでの、言葉が肥大した者のルールでしかなくて、もっと空気を読めないと上手《うま》くいかない。

廊下のほうに目をやって、電光掲示板から目をそらした。

「友達ごっこは、もう、やめにするわ。悪いけど、追いかけてこないで。フリじゃなくてほんとに追いかけてこないで。グレ君に近づかれたら——疲れるから」

カバンを持った高鷲は廊下に出ていった。

こんな時、何も言わずに相手を抱きしめる漫画を読んだことがあるけど、あんなの大ウソだと思った。

部屋に残った俺はＬＩＮＥを愛河に飛ばした。

『高鷲は悪かった。でも、どうか許してやってほしい』

『愛河は、業平《なりひら》君とは友達ですけど、あの人とは無理です』

それ以上、メッセージを送ることはできなかった。少なくとも今すぐはできない。

長らく友達のいなかった俺に打開策なんて出てくるはずもなかった。

★

翌日の昼休みまでLINEは一通も来なかったし、高鷲《たかわし》が話しかけてくることもなかった。

愛河《あいか》のほうは向こうから『ちょっとクールダウンさせたほうがいいですよね』と連絡があった。二兎《にと》追う者はなんとやらというし、ひとまずここは高鷲に集中する。

『そっちの席、行っていいか？』

既読無視をされた。

休み時間、高鷲はヘッドフォンをつけて、何かを聞いているだけだった。

露骨《ろこつ》な「話しかけてくるな」オーラを放っていて、誰も寄りつこうともしなかった。

全部が一か月前に戻った。

こんな時、強引にでも向かったほうがいいんだろうか？

ヘタレな人間にとって、他人に許可されてないことをやるというのは難しすぎる。

教育の影響をまともに受けると、俺みたいに「善人」というより「（どうでも）いい人」に近いに何かになる。相手を尊重することだけ考えると、傷つける可能性のあることはやれない。まず恋愛なんてできないだろうし、友達を作ることも相当難しくなる。

でも、ここで黙り込んだら、いよいよ最悪で最低なことぐらいはわかる。

LINEはめげずに送った。五月の何もない状態に戻りたくなかった。

ずっと既読無視が続いた。逆に言えば、読んでるってことだ。そう解釈して、短時間の絨《じゅう》毯爆撃《たんばくげき》にならないように、小刻みに時間を空《あ》けて、送る。

反応がないままなので、心が折れそうだった。昼休みは完全なるぼっち飯を久しぶりに経験した。過去に何度も経験してるのに、やっぱりきつかった。

それでも学校は休まなかった。正確に言うと、休み方がわからない。ぼっちは皆勤《かいきん》なのだ。ぼっちの奴《やつ》は学校をサボるなんて発想も度胸もない。羽目を外すような生活もしないので体調を崩すこともめったにない。単純に、一緒《いっしょ》に羽目外す相手がいない。一人で徹夜カラオケとかできない。一人だからなかなか風邪もうつされない。

以上から言えることは、大半のぼっちは友達がいなかろうと学校に行くということだ。孤独であろうと登校はするこの根性、政府はもっと評価しろ。ぼっちはクールジャパンだ。

そして、金曜日。

『放課後、五階のあの部屋で』

ようやく返信が来た。


シミュレーション室の机と椅子《いす》は愛河が出ていったあの日のままだった。

高鷲は部屋の角に幽鬼のように腕を組んで立ち尽くしている。表情だけならいつもどおりだ。

異能力と関係なしに俺は高鷲に近づけなかった。

「私は悪いと思ってないから」

「最初の言葉がそれかよ」

高鷲《たかわし》は小さくうなずいた。

「そもそも、菖蒲池《あやめいけ》さんの空気感は完全にリア充のそれでしょ。あれと友達になれというのは、こっちもリア充の空気を身につけろということ。そんなの、私にできるわけがない。どうせ破綻《はたん》してたわ。私は死ぬまで浜辺でＢＢＱなんてしない。命賭《か》けるわ」

多分だけど、高鷲は自分を確立できすぎている。だから、自分と異質な人間と合わす方法がよくわかっていない。じゃあ、お前は異質なのと上手《うま》くやれるかと言われると無理だけど。

これまでも高鷲は友達が作れなかったというより、友達を切ってきたのだと思う。正しさという鋭利な刃物で。

「その調子だと永久に友達できなくないか……？」

「だったら、ずっとこのままでいいわ。楽だし」

「楽か……。悲しいことに、その意味、すっげえわかるんだよな……」

ぼっちというのは一人が正常で自然体なのだ。他人といるだけで気疲れする。

「私と菖蒲池さんが仲良くするのは無理。向こうも引いてるでしょ。ただ――彼女とグレ君が仲良くするのはアリだと思うわ。二人がケンカしたわけじゃないし」

これが落としどころか。少なくとも当面の間の。

「わかった。愛河《あいか》にも連絡は入れてみる。そろそろ落ち着いているだろうし」

「うん、私はもう力になれないけど、上手くやって。あなたと彼女はまだ友達のまま。友達一人しかいない人間は、ぼっちみたいなものかもしれないけど、法的にはぼっちではないわ」

ぼっちの定義なんて法律で明文化しないでほしい。それはそれとして――

友達がいる状態か……。

劇的な変化のはずだけど、別に二回攻撃ができるわけでも、飛行能力が手に入るわけでもなく、俺の性格が明るくなったわけでもなかった。

それに高鷲のことがあるから、友達に全神経をつぎこみますというわけにもいかん。

「なあ、これからもこのシミュレーション室で――」

「気が向いたらね」

高鷲はヘッドフォンをつけると、廊下に出ていった。

男って、女って、人間って、全部が全部面倒くさいな……。

けど、高鷲、俺もお前をこのままで終わらすつもりはないからな。

愛河に会って話でもしないかとＬＩＮＥを送った。これ、二週間も会わないままだと気まずくなって、何もできなくなる流れだと思ったからだ。

『明日、土曜に駅前でお会いしましょー』

こっちの話は早かった。

★

八王子《はちおうじ》の駅前はだいたい何でもあるが、駅前以外はほぼ何もない。

だから待ち合わせは自動的に八王子駅前になる。わかりやすいからということでＪＲの改札前集合ということにした。

自転車をこいで駅前を目指しながら俺は考えていた。

——愛河《あいか》とどういう接し方すればいいのかな……。

結論とか何も出てない。

向こうが何を思ってるかもわからないんだから、会うしかないか。だいたい、そろそろ会っておこうっていうのが会う動機なわけだし。

考えごとしながら自転車こぐのは危ないので、押して歩く。駅まで五百メートルほど。

けっこう大きな声が聞こえてくる。どうも駅前でトラブルが起きているようだ。

「なあ、妻とはすぐ離婚するから結婚してくれ！　貯金はあんまりないけど愛ならある！」

「だーかーらー！　これは愛河の異能力のせいなんですって！　落ち着きましょう！　あと、奥さんを大切にしてください！」

もろに愛河じゃん！

カレー屋の前で無茶苦茶《むちゃくちゃ》営業妨害なやりとりをしていた。

事情はさすがにすぐにわかったので、俺はそこに突っ込んでいった。自転車は邪魔なんで、ガードレール側に立てかける。

「おっちゃん、ひとまず深呼吸しよ、深呼吸！」

適当なことを言って、後ろからおっちゃんに密着する。

「私は怪しいものじゃない、この女子高生に求婚していただけだ！　あれ、力が……」

ここまで密着すると、おっちゃんの力がどんどん俺の中に入っていくのを感じる。なんか心理的に小汚いな。吸収の力を意識的に最大限に上げる。これで十五秒ほどでカタがつく。

おっちゃんがぐたっとしてきたので、街路樹のイチョウに背中を預けさせた。救急車呼ぶほどじゃないし、ここで我慢してくれ。

「業平《なりひら》君！　助けてくれたんですね！　ナイトじゃないですか！」

愛河が両手を組みながら、憧《あこが》れの視線を向けてくれていた。再会としては悪くない。

いつもこんなふうに力をいいように使えれば万々歳なんだけど。今回は奇跡だ。

「とりあえず、どっか入ろうか」

いくらなんでも目立ちすぎたし、場所は移したい。


駅前はこれだけあってつぶしあわないのかというほどに、喫茶店、ファミレス、ドラッグストア、コンビニがある。家電量販店すら複数ある。

その中の適当なチェーン店のファミレスに潜《もぐ》り込んだ。

向かい合うと一メートル以内になるので、一席離れたテーブルで話すという奇妙な仕様だ。店員に一人ずつ別々でお願いしますと言ったら変な顔をされた。

店内で一メートル離れて会話するのは周りの人に迷惑なので、ＬＩＮＥと表情でやりとりする。不自然すぎるがこれしかない。間のテーブルに別の客来たら会話不可になるし。

『先ほどは助かりました。愛河《あいか》、たまにあやってからまれるんですよね……。なので、夜は危ないので一人じゃ出歩かないようにしてるんです』

そういや、門限がやけに早いとかいう話を聞いた気がしたけど、このせいか。

『嫌われてる女子の間だと、男をキープするための策って話になってますが……』

愛河は少し寂《さび》しげな表情を見せた。学校ではほとんど見たことのない表情だった。

『みんな、異能力で苦しんでるんだなって、さっきの見て実感した』

あんなふうに言い寄られたりするんじゃ、うかつに外出できないだろう。

俺たちはお互いにドリンクバーを入れて、席に戻ってくる。メロンソーダは毒を疑いたくなるほどきれいな緑色だった。座ってＬＩＮＥ再開。

『高鷲《たかわし》さんのことはともかく、この前はごめんなさいっ。業平《なりひら》君に踏み込みすぎましたっ。愛河、男子への距離感が近いことがあるんで……』

愛河はえーりんとは書かなかった。いつもの威勢のよさがないせいか、二歳ぐらい年上なように感じた。女子高生はこういう異様に大人びた顔になる時がある。

どうしても「ともかく」という言葉が気になったけど、しょうがないか。

『近いとは思ったけど、悪気ないのは知ってるから』

愛河と名前で呼んでいいか迷って、かといって菖蒲池《あやめいけ》さんと呼ぶのも失礼な気がして、二人称を省略した。こういう気づかいって、全然友達を作ることに働かないよな……。

『高鷲さんとはあれからどうですか？』

『二日前、やっと話をしてもらえた。仲良くなるのは無理だろうって』

『そうでしょうね』

あっさりと受け入れられてしまった。復縁は絶望的か。

『それで、俺たちが仲良くすることはいいって。そこは気にしないって』

『そうきましたかー。いいと思います』

俺はほっとした半面、人間関係ってなんて高難易度のマゾゲーなんだと思った。

なんかこう、バトル漫画みたいに殴《なぐ》り合ったらわかりあえるみたいなのないの？　ないよな！　殴り合ったらもう終わりだよな！

もしかしてリア充層みたいなのはこんなのずっとやってるんだろうか。ストレスで一か月以内に死にそう。ぼっちには真似《まね》できん。

すっと、愛河は席を立つと、

「相席よろしいですかー？」

俺の向かい側に座った。

いきなりのことでスマホをテーブルに落とした。

「俺の能力わかってるよな⁉　せめてもう少し離れてくれ！」

そんなこと気にせず、愛河《あいか》は笑っている。そりゃ、わかってやってるもんな。

「調子悪いと思ったら、すぐに離れるならいい……。人間っていうのは他人を傷つけると、自分にも相当な心理的ダメージが来るようにできてる」

俺は一呼吸置くために、メロンソーダをストローで吸い上げる。メロンとかけはなれたケミカルな味がした。対角線上に、できるだけ離れるように座る。

「そのあたり、業平《なりひら》君は徹底して紳士ですよね」

愛河のリスみたいにくりくりした大きな瞳《ひとみ》が俺を観察していた。

「紳士と書いてヘタレって読む。確信があるけど、こういう性格だから、友達はできないし、ましてや彼女とか都市伝説レベル」

誰からも逃げ続けて、かつ、友好関係を築きたいって、そんなうまい話はない。

「それじゃあ、業平右、愛河と付き合います？」

「ぶごはっ！」

メロンソーダ噴いた！　タイミングとしてはこのうえなく最悪だ。

「どうです？　男子から見たら愛河ってそこそこ優良物件だと思うんですけど？　そんなに貢《みつ》

がせるとかもしませんから安心してください」

片目だけ閉じて、愛河は笑ってみせた。この小悪魔め、いやサキュバスめ！　くそ、非モテ脳的には一足飛びに結婚してくださいとか言いたくなる！

だけど、そこまで俺も軽はずみじゃない。ぼっちの石橋叩《たた》いて渡らない感は異常。

「俺が本気で好きかどうかよくわからないから、やめとく……」

俺がリア充なら気にせずＯＫしたんだろうけど、人間の心というものはやっぱり大事にしたい。そこを雑に扱うのはダメな気がする。童貞っぽい意見って思った奴《やつ》は殺す。

「ですよねー」

すぐに愛河は元の席に戻った。あまりこういう人を試すようなことはするなよ。実際、メロンソーダ噴くって実害あったし。またＬＩＮＥに着信がくる。

『愛河って、自分のこと本気で愛してくれてる人が誰かわからないんですよね』

さらっと深刻な悩みが漏《も》れたと思った。くるくるとストローで愛河はホワイトソーダをかき混ぜている。氷がぶつかって、からからと鳴る。

『ただ、人が好意抱《いだ》いてるかどうかは、異能力の増幅機能のおかげでわかるんで愛想よくしちゃうんですよ。異能力効かない人は無関心か嫌いかのどっちかなんで』

そっか、愛河は人と会うと、相手が自分をどう評価してるか自動的にわかってしまえるんだ。

『多分、いや、きっと高鷲《たかわし》も今の言葉聞いたら納得すると思う。その……ビッチだとか思ってる部分がなきにしもあらずだから……』

『とはいえ、愛河《あいか》にも問題があったということです。しかも、なかば無意識なんで改善できるかというとわかんないですし』

また好意の増幅からか、俺の目には愛河が日本屈指の美少女に映っている。

『別に高鷲《たかわし》さんを恨《うら》むまではしてませんよ。ただ、愛河ってやっぱりあらゆるタイプの同性から嫌われるんだな～ってわかったことはそこそこショックですけどね。余裕の貢献《こうけん》レベル1ですよ。つまり、本人の生活に不具合があるっていうことです』

俺は0なんだけど、周囲にも有害ってことなんだろうな……。

「愛河だって誰かの役に立ちたいんですけどね」

わざわざ声に出して愛河は言った。

『そこは、「何度も打席に立てばそのうちヒットも打てるさ」戦法を使えばいいと思う。かなり疲れるけど。悔《くや》しいがリア充からカラオケボックスで学んだ』

『なんですか、その戦法?』

俺に、理論について説明を加えた。つまりどんなに友達作れる打率が低いとしても、俺みたいに物理的障壁《しょうへき》があるわけでなければ、百人にアタックすれば、一人や二人ぐらいは受け入れてくれる奴《やつ》もいるだろうという発想だ。つまり成功率の低さをチャレンジ数でカバーする。

『それ、理論上は可能ですけど、チャレンジする側の心が消耗しますって～』

『うん、そこは俺も思う……。三十人連続で友達になってもらえないと感じたあたりで放浪の旅に出て、俳句でも読んで暮らしそう』

『俳句読んでも金にならないから、結局安いバイトで使われる日々ですよ』

脱社会すらできんのか。地獄か。

「あと、愛河は量より質のタイプなんです。今あるものを大切にしたいです」

また声に出して、それに合わせるように愛河は離れた席から右手を伸ばした。

「もう一度、友達をはじめましょう、業平君《なりひら》」

これは確定事項だと思うんだけど――愛河って男の心をつかむの、本能的に上手《うま》い。

自覚してるのか、無意識かわからないけど、男をときめかせるツボを的確に突いてくる。

これは会話する女子が少なすぎると、自分に話しかけてくる女子がすべて自分に気があるのではと勘違いする現象とは関係なく、どんな男でも誤解するぞ。

まあ、あくまでも友達についての話だけどな。

「愛河、異能力のせいで男子と友達になるのも無理だなって諦《あきら》めてたんです。だけど、業平君となら、きっと大丈夫だなって。業平君は、ぼっちの、愛河の気持ちもわかってくれますから」

断るなんて選択肢《せんたくし》はなかった。

「うん、こちらこそ、お願いする、愛河」

このタイミングなら愛河って呼んで大丈夫だろう。離れた席にまで届くそこそこ大きな声。

「あ～、それだけじゃダメですよ」

首を横に振る愛河《あいか》。

「ここまで来て、手を握《にぎ》ってください」

もちろん、俺の異能力もすべて知ったうえでこんなことを言ってくる。

待っていて、許されるのなんて美少女だけだ。自分は動かないといけないんだ。

俺は、ごく自然に席を移動して、愛河の手を握《にぎ》った。

愛河の手から力がこっちに吸収されてくるのをはっきりと感じる。

すぐに手を離した。

俺は、高鷲《たかわし》と指をつんと合わせたことを思い出した。

あれは友達じゃなくて同盟だったけど、自分はどんな気持ちだったっけ。それなりにうれしかったっけ。

「これでいいか？」

「はい。もちろんです！」

愛河はドレインのせいでしんどそうだったけれど、それでも元気な顔で笑ってくれた。

「ところで、このあと、業平《なりひら》君は何か用事はありますか？」

「とくに何も」

「じゃ、付き合ってもらえますか？」

付き合うという言葉にびくっとした。

ぼっちは自動的に非モテなので、こういう言葉の耐性がないのだ。ぼっちじゃない非モテも中にはいるけど、ぼっちがモテるということはありえない。

「買い物したいお店があるんです。どうせなら、友達とまわってみたいなあって」

「そのキャラで忘れがちになるけど、愛河も友達いなかったもんな」

わざとらしく愛河は頬《ほお》をふくらませた。ＬＩＮＥにはない機能だと思った。

「お互い様です」

★

駅前ビルの二階は飲食店や手芸用品の店が入ってるが、その中に百均ショップもあった。その百均ショップが愛河の目的地だった。

いくら一つ百円とはいえ、愛河はカゴに大量のグッズを入れていった。

ノートとかファイルはまだわかるが、どこに貼ることを想定しているかまったくわからないシールやら、お風呂グッズやら、がしがしカゴに放り込んでいる。

「あのさ、念のため聞くけど、正気か……？」

「正気ですよ。だって、どれも百円ですよ。お得じゃないですか」

百均ショップってこういう人間がいるから、やっていけてるんだろうな……。

俺たち（といっても、くどいようだが、俺と愛河《あいか》の間は一メートル以上離れている）は、それから先も百均のアイテムをああだこうだと物色していた。

「これ、ただのお風呂スポンジみたいですけど、金属を磨くとぴかぴかになるんですよ」

離れすぎてるせいで、違う女性客が呼ばれたと思って愛河に反応した。すいません。

「この分厚い箱型ケースはプリントを科目ごとに入れておくのに一番いいです――」

間を人が横切ってよく聞こえなかった。

「百均の中でもこのボールペンは書き心地《ごこち》がよくてですね」

「お前、このショップの回し者だろ」

愛河は首をふるふると横に振った。

そこで、ふと思った。俺と愛河は付き合っているように見えるのだろうか、と。

無論、そんな関係じゃない。ようやくちゃんと友達になれたばかりである。彼女だなんてだいそれたものを俺は求めてすらいない。

とはいえ、他人からに会話する男女にカップルと認識される可能性も皆無《かいむ》ではない。一メートルだとほぼ無理だけど皆無《かいむ》とまでは言えない。

それは――――悪くないかもな……。

たんなる誤解とはいえ、リア充であるかのように認識されるというのは、一生そう思われないよりはマシではなかろうか。少なくとも、友達いなくてかわいそうと一円にもならない同情をいただくよりはるかによい。

それほどまでに俺は孤独だったのだ。

砂漠や草原のど真ん中でずっと一人で、同じ人間という種族を知らないなら、寂《さび》しくもなかった。孤独という概念《がいねん》を知らずにすんだ。

でも、俺の周囲は無数の人間であふれている。週に五回は同世代の人間が集まる高校に詰《つ》め込まれる。なのに、俺のそばには誰も近づいてこない。手を伸ばしても届かない。

そりゃ、俺の精神性も貧しくなるわ。

よく中学時代にグレなかったなと思ったが、グレてる奴《やつ》だって似た者同士でつるむよな。

俺、自動的に一匹狼だから、ただ痛々しいだけだ。

やはり持つべきものは友だ。

「人」という字は、ヒトとヒトが支え合ってできているはずなのだ。

つまり――ぼっちはヒトじゃないのだ。まさに一匹狼。かっこいい時もあるけど、たいてい本人は疲れる。

きっと、あの高鷲《たかわし》も疲れてんだろうな。

そりゃ、「氷の姫」って態度で武装でもしなきゃやっていけないか。次に会った時は一割増しでやさしくしよう。それ以上やると確実に「顔以外もキモい」とか言ってくる。

「業平君《なりひら》、このクマの置物とパンダの置物、買うならどっちがいいですか？」

愛河《あいか》は卓上に置くような小さな置物二つで悩んでいた。

普段の俺なら「両方いらない」とでも答えるところだけど、その時の俺は機嫌がよかった。

「ここはあえて、どっちでもなくゴリラを選ぶっていうのはどう？」

機嫌がいいので、冗談を言うことすらできる。彼氏っぽいロールプレイ。友達の距離感ですらなくて、他人に見えそうだけど、気分だけは彼氏。

「ゴリラは前に買ったんですよ」

「マジかよ！　フィギュアのコンプリートならわかるけど、百均の動物置物シリーズ、集めてる奴《やつ》なんていうの!?」

はっきり言って、いや、はっきり言わなくても、なんの生産性もない会話だ。

なのに。

楽しい！

生産性のない会話のキャッチボールが楽しい！

これが友達の力なのか……。確実に原子力よりすごいエネルギーを秘めている
「——私、今、すごく楽しいです」

愛河の声を聞いて、一瞬、心を読まれたかと思った。

クマとパンダを左右の手に持ちながら、愛河はとても満足そうに微笑《ほほえ》んでいる。

「ただの買い物がこんなに楽しいなんてこと、そうそうないですよ。業平君に友達になってともう一度言ってよかったです」

「本当にな。俺も、なぜかやけに楽しいよ」

でも、そうやって幸せかもと思ったのが悪かったのかもしれない。

幸せというのは、そう長くは続かぬものだ。いや、長く続かないという統計も何もないと思うが、その時はとにかくそうだった。

「強盗よっ！」

そんな甲高《かんだか》い声がほかの店のほうから聞こえた。

直後、ニット帽をかぶった男が、ナイフと金の入ったビニール袋を持って走ってきた。

ナイフに血がついてないだけマシだが、それでも十二分に怖い。

すぐに百均ショップも騒然となる。

まさかすでに金を奪っている犯人が百均に押し入ることはないだろうし、ここは店舗内で隠れていよう。犯人も下りのルートを見つけて、逃げていくはずだ。

「愛河、しばらくこのあたりで――」

愛河が強盗の進路に飛び出て、両手をやさしく広げていた。

「強盗さん、こっちを向いてください」

なにしてるんだ！　ふざけてる場合じゃないだろ！　マジで刺されるぞ！

けど、強盗は愛河《あいか》の行動が謎《なぞ》すぎたのか、足を止めていた。立ち止まらせても何も解決しないんだけど。むしろ悪化してるんだけど!?

「きっと大変なことがあったんですよね。忘れたいこともありましたよね？」

強盗は恍惚《こうこつ》とした顔をして、ふらふらと愛河のほうに寄っていった。

愛河は静かに笑っている。雪をとかす春の光みたいに、心まであたたかくなるような表情だった。

もう、ふざけているようにはまったく見えない。

犯罪者すら受け入れるとしたら、もはやそれは絶対愛の次元だ。本物の天使だ。

「怖くないですよ。抱き締めてあげますよ。さあ、来てください」

ゆっくり、ゆっくりと強盗は愛河のほうにやってきた。心も浄化されたか。

いや、落ち着け。相手は刃物を持っている。ここは愛河に近づいてきたところを商品棚に隠れて一気に飛び出してつかむ。本気で危ないけど、愛河が逃げない以上、やるしかない。

タイミングは愛河に触れる直前だ。その時が一番、強盗も気持ちがゆるんでいる。

じわじわと愛河と強盗との距離がゼロに近づいてくる。

よし、今――

「じゃ、そのまま眠っていてくださいっ！」

愛河の足が突然大きく上がったかと思うと――

次の瞬間には強盗の顔を横から蹴《け》り上げていた。

ちなみにパンツはピンク色だった。まあ、それはどうでもいいな。俺は飛び出しかかって、通路にこけていた。

強盗が意識を失って、その場に沈んでいる。

「あの……あ、愛河《あいか》、さん……？」

謎《なぞ》の戦闘力を発揮されて、丁寧語《ていねいご》になった。

愛河はにっこりと笑みを浮かべて、こちらにピースを送って、

「愛河、護身用に格闘技はひととおり習ってるんですよ。夜道で襲われたら困りますから」

「なるほど……そりゃ、必要だもんな……」

「強盗をやるってことは絶対追い詰《つ》められてるはずですから、そういう興奮した精神状態の人は愛河の力がすごくよく効くんです。効果が出たならどうとでも対処できます」

それに関しては強盗の顔を見た時に確信した。だが——

「だとしても相当危ないからやめたほうがいいとは思う……」

「愛河も本気でヤバい場合は逃げます。それに——」

にやにやした笑みを愛河は俺に向けた。

「——業平《なりひら》君だって危険なの気にせずに、また出てこようとしたじゃないですか。人のこと、言えませんよ」

「だって、友達だからさ……」

それが理由になるのかわからなかったけど、それ以外の言葉は出てこなかった。

「すげー！」「マジでやった！」「あの子、あんなかわいいのにすごい！」

状況を理解した人から、そんな声があがりだした。

「あっ、ありがとうございます……。そんなに褒《ほ》められると照れちゃいますね……」

愛河はぺこぺこ周囲におじぎをしていた。

「業平君、愛河の異能力も人の役に立つんですね」

愛河は遠い目をして微笑《ほほえ》んでいた。

「人の役に立てるって、うれしいです」

「俺が今日、愛河を助けられた時もそんな気持ちだったかもしれない」

同じような経験のおかげで、距離が縮まったと思った。


やがて警備員がやってきて犯人を捕まえて、そのあとすぐに警察官もやってきた。

立場上、その場を立ち去るわけにもいかず、警察署で話などもしたが、基本的に終始愛河は褒められていた。事情聴取というか、褒め殺しって感じだった。

「今度、警察署として表彰したいんだけど、いいかな？」

愛河は頭をかきながら了承した。

「これを機にアイドルデビューとかできないですかね……」

「さすがに無理だろ……」

★

――アイドルは無理だと思ったんだけど、それに近しい動きが起こってしまった。

取材が何か所かからあった。当日のうちに「美少女高校生、ナイフ持つ強盗を異能力で撃退」の見出しがネットニュースにも載った。

愛河《あいか》に対するインタビューも行われて、こんなことが書かれた。

『異能力のせいで人気《ひとけ》のないところを歩くのが危ないじゃないですか。なので、格闘技を習ったんですよ～』

『今でも門限は夕方五時ですよ。外食もお昼に食べて、夜には帰ります』

まあ、インタビューで当然聞かれるよな。俺は誇《ほこ》らしげなものを感じつつ、日曜にスマホでそれを読んでいた。どんな異能力でも使い道はある。

高鷲《たかわし》にもＬＩＮＥで送ったけど、『どうでもいい』という返事が来ただけだった。こちらは雪解けにはまだ時間がかかるか。

日曜の夜、愛河からＬＩＮＥが来た。

『業平《なりひら》君と昨日、あらためて友達になってから、すごく運がまわってきました！　これからも友達でよろしくっ！』

俺も友達が立派になって光栄だ。

菖蒲池《あやめいけ》愛河、性別は違うけど、ずっとずっと絶対に友達だからな！

# 6 仲の良かった奴が急に偉くなると変なミゾができることってあるよね

女子高生が犯人を捕まえてお手柄——ちょっとしたニュースで終わると思っていた。

それじゃ終わらなかった。

「あっ、あれが菖蒲池《あやめいけ》さん？」「見た目は強そうじゃないね」「柔道と空手とキックボクシングやってるんだろ？」「私、武道で戦うの憧《あこが》れなんだよなー」「弟が好きそうなタイプ」

五組を通りかかったら、廊下に見物客が来ていた。多くは他学年の生徒だ。

高校生ってけっこうミーハーなんだな。

俺はもはや「五組の前」という表現がおかしいくらい離れた廊下からその様子を見ていた。

そこに愛河《あいか》本人が手を挙げて、廊下に飛び出してくる。

「こんにちは！　菖蒲池愛河でーす！　みんなも悪いことしたら、蹴《け》っちゃうよー♪」

愛河も調子よく、パンツが見えるまわし蹴りの実演をしていた。

そのやりとりにまた歓声が上がる。実演のせいで人だかりが大きくなっていた。どう考えても男子の一部はパンツ目当てじゃないのかという気もするが、とにかく増えている。

愛河に会いにいくのはあとにするか。俺が人だかりに飛び込むとテロになるし。

これ、ぼっち特有の悩みなのかもしれんが、友達が自分の知らないほかの誰かと楽しそうに話してたら、そこに割って入っていけない。

一対一だと会話ができるのに、三人だと会話しづらくなる現象。

コミュニケーション能力が高いなら、友達の友達とも仲良くなろうとか考えるのかな。ぼっちにそんな芸当できない。

あと、リア充って結局、リア充じゃない奴《やつ》が来てもまともに扱ってくれない。リア充はリア充としか仲良くなる気がない。ぼっちと友達になろうとするリア充なんて見たことない。

というわけで俺は遠くから見守る！　話しには行かない！　それが俺の限界！

でも、見守らないとと思った程度には、ひやひやしていたのだ。

これ、愛河のことをよく思ってなかった相手からしたら調子乗ってるように見える。

格闘技やってる愛河を校舎裏で締めるなんてことは戦闘力的に無理だろうけど、陰険なイジメみたいなのはありえる。それに厄介《やっかい》な異能力を使われるかもしれない。

愛河の多分唯一《ゆいいつ》の友達として、俺がしっかり支えるんだ！


「いえ、全然問題なかったです」

昼休み、弁当を開ける前に思いきってその話を出したら、あっさりそう言われた。ちなみに弁当にはマヨネーズも何もかかってないゆがいただけのブロッコリーが入ってた。母親、ブロッコリーには味つけろよ。

「大丈夫か？　京都的な褒《ほ》めてるようで実質嫌味《いやみ》になるようなことも言われてない？」

最悪、俺が止めるシミュレーションまで脳内でしていた。


(俺)「おい、やめろよ。愛河《あいか》が怖がってるだろ」

(女子)「何？　あなた、この子の彼氏なの？」

(俺)「そうじゃなくても、止めるだろ」

(愛河)「業平《なりひら》君とは友達です！」

(女子)「うわ〜、友達だって。ウケる〜。——あれっ、やけに体が重いんだけど……」

(俺)「悪いけど、俺の異能力は取り扱い注意なんだよ」


こういうの、フィクションで幾度となく見てきたので脳内再生は割りと楽だった。その時が来ても俺がやれるのかまだ自信ないけど。

「それが、むしろ謝りに来た女子グループがいたんですよ。インタビュー読んで門限早すぎるのも意味だわかったって。男女分け隔《へだ》てなくいい人なだけって気づいたって」

「そっか……。意外とみんな話のわかる奴《やつ》なんだな……」

フィクションに出てくるフルボッコしてかまわないようなクズは現実にはあまりいないので、戦ったりできない。

「明日は、お昼一緒《いっしょ》に食べる約束をしました」

「じゃあ、国交回復と言っていいな」

嫌いな奴とメシを食う約束をする人間はいない。少なくとも高校のクラス内では。

ちなみに俺は高校でこれまでクラスメイトから誘《さそ》われたことは一度もない。愛河に中庭に呼ばれるまでずっとゼロだった。いや、俺の話はどうでもいい。

「私自身、こんなに状況が変わるとは思ってませんでした。業平君は心当たりあります？」

愛河は俺のほうまでやってくるとから揚げを一個俺の弁当に置いて、すぐ戻っていく。愛河の弁当は桜でんぶでピンク色だった。

「これは『実力あるスポーツ選手が偉そうなことを語っても、「さすが」と認識されて、偉そうにするなとは思われない』理論だ」

愛河の実力が伴ったために、「お前、何様なんだよ」って部分が消滅した。

誰もが愛河ウザいという過去を清算したかまではわからんが、少なくとも一部の女子は受け入れに動いた。もしかすると愛河を嫌ってた奴の中に痴漢に遭《あ》った経験がある女子でもいたのかな。だったら、異能力で苦労していた愛河に共感してもおかしくない。

「やっぱり業平君の洞察力は鋭《するど》いですね！」

愛河の太陽か満月かといった笑み。このスマイルと異能力でたくさんの男子が恋に落とされたんだろう。俺すら好意の増幅を知らなかったら、告白してたと思う……。

「洞察力鋭いのと友達できるのは全然別だけどな。評論家がいいクリエイターとは限らないのと同じで。とにかく、メシのお誘《さそ》いおめでとう」

「でも、愛河《あいか》、明日も業平《なりひら》君と食べるから断ろうかな～と。友達同士なわけですし」

「そこは絶対に女子の誘いを優先してくれ！」

愛河についにまともな経路で同性の友達ができようとしている。愛河の活躍は同じぼっちにとっても誇《ほこ》りであり、救いだった。

――俺も美少女なら、ワンチャンどうにかなったのか？　男だからより絶望的なのか？

解決のしようのないしょうもないことが頭によぎって台無しになったなと思いつつ、ブロッコリーを噛《か》み砕いた。まずい。

――と、俺の頭に影がかかった。俺にそこまで近づく奴《やつ》は善意か悪意ある奴しかいない。

後者だった。

ある意味、なじみの顔だった。

「業平、なんで君がいるんだ？　人気者の横にいて、人気をドレインするつもりかい？」

なんだ、チビ巨乳のエリアスっ。

「なんだ、チビ巨乳のエリアス」

「き、君、最低だぞ！　そういう身体に関わることは本当に口で言うなっ……！」

顔を赤らめたのでチビか巨乳か、あるいはその両方にコンプレックスがあるらしい。

「最低なのはわかってたけど、お前も俺の異能力をネタにしたからお返しだ」

「ま、まあいい。今日も明日も明後日《あさって》も君に用はない」

今度絡《から》んできたら、暴言を録音してリコールの材料にしよう。

「――菖蒲池《あやめいけ》さん。生徒会長より権力のある副会長の竜田川《たつたがわ》エリアスだ」

エリアスが頭の悪い自己紹介とともに愛河のほうにつとつと向かった。平気で俺に近づいてくるのが、俺を目の敵《かたき》にしてるエリアスぐらいというのは寂《さび》しいがしょうがない。

「ちなみに、これは今度、売り出す予定の『副会長聖水』」

愛河の座ってる横にエリアスがペットボトルを置いた。ラベルはエリアスの顔写真。

「お前、小学校から同じ学校であるよしみで忠告するけど、その名前だけは絶対変えろ。せめて顔がついてるパッケージを変えろ。地下アイドルビジネスの極北としか――」

「菖蒲池さん、君をぜひ模範生として表彰したい。表彰集会にご出席いただけないか?」

……表彰集会というのは、まあ、名前のとおりのものだ。

この西高《セイコー》は毎週の朝礼はないけど、その分月イチぐらいで何か実績のあった生徒に対して全校生徒を集めた表彰をする。異能力者による社会貢献《こうけん》というのが学校の理念だからだろう。原則、異能力によるものが多いが、部活でいい成績を収めても表彰されたりする。

「君の異能力はおそらく貢献レベルは低いと思うが、表彰されたとなればAO入試などで有利に働く。喜びたまえ」

「ほんとですか！　それ、かなりうれしいです！」

入試が楽になるだと!?　そりゃ、愛河《あいか》も喜ぶわ！

俺も愛河をおっちゃんから救ったけど、原因は愛河だからマッチポンプ感がある。

「いや、異能力も敵を油断させるために活用したわけだから、貢献《こうけん》レベルも一つ増えるかもしれないね。どのみち大躍進だ。おめでとう。ほんとに君は一躍、時の人だ」

「はーい！　ありがたき幸せです！」

丁寧《ていねい》に愛河はおじぎをした。

「それと、表彰集会前に君の勇姿を記録させておいてほしい」

そうエリアスが言うと、その背後から突如《とつじょ》、ビデオカメラらしきものを持っている男子生徒が現れた。いつ、どこから出てきた？　全然わからなかったぞ。

「背後の彼は写真部の異能力者だ。一時的に人間の視界に映らないようにできる。彼が菖蒲池《あやめいけ》さんのプライベートを撮影する」

「なんか、忍者みたいな異能力だな……」

「ちなみに、異能力名は通称『盗撮には使いません』だ」

「かえって、信用できんわ！」

エリアスは、そこで「ふふふっ……」と百パーセント悪役がやる笑い方をして、

「はっきり言っておこう。わたしと生徒会は菖蒲池さんをこの学校のアイドルにするつもりだ」

と言った。

「アイドル？　愛河がですか……？」

俺よりも当人が驚いていた。自分の鼻の頭を指で差している。

「いかにも。学校内という狭い範囲でのローカルアイドルとでも思っておいてくれたまえ。君は数々の点で恵まれている。まず、ぶっちゃけ、顔」

ほんとにぶっちゃけたな、こいつ。

「次に男子ウケがいい。そして、今回の事件で女子ウケもかなりよくなった。もともと他学年からの評判は悪くはなかったしね。そして、なによりその強さ。まさしくこの西高《セイコー》の顔になるにふさわしい」

「エリアス、お前、どうせ愛河を生徒会の広告塔にしようとでも思ってんだろ……」

「そのとおりだ！」

胸張って、エリアスが声を張り上げた。

「たくらみをちょっとは隠そうとしろや！」

「ふっふふふ。わたしは非合法なことなど何もしていない。犯人逮捕に貢献した生徒を顕彰するのも生徒会の役目だ。そして、生徒会行事などにそんな生徒がたびたび顔を出したとしても、違和感などないだろう？　ふふふふふ……はっはっはっはっは！」

こいつ、この策士キャラのせいで人生二割ぐらい損してると思う。

「それに、君の色眼鏡で見られがちな異能力のイメージを払拭《ふっしょく》するいい機会でもある」

その言葉に愛河《あいか》の目の色が変わったと思った。サキュバス扱いは嫌《いや》だもんな。

「やります……。愛河、やります！」

何か言おうと思ったけど、言葉が出てこなかった。実際、表面的には何も悪いことなんてないように感じていた。ただ、理屈ではない物寂《ものさび》しさみたいなのもあった。

愛河のいいところを知っているのは、友達である自分ぐらいのつもりだったのに、それを奪われたような……。

「業平《なりひら》君も友達として応援してくださいね！」

愛河の目はきらきらしている。

「これも業平君とあの日会って勇気をもらったからなんですよ」

俺はこんな純粋な目をするサキュバスがいたら、卑怯《ひきょう》だろうと思った。

「……う、うん。頑張れ」と言うしかない。

「よし、ここから先は具体的な話をする。悪いが、生徒会室に来てくれたまえ」

愛河は「ごめん、ちょっと抜けます」と俺に謝って、いそいそと立ち上がる。

「業平、君にも記念に『副会長聖水』をやろう」

例のネーミングに問題のあるペットボトルを投げて渡された。

「ちなみにそれはレモン味なので、黄色く着色してある」

「お前、本当はわかってやってるだろ！」

きょとんとした顔で、エリアスが首をかしげた。

「すまないが、君が何を言ってるのか、皆目見当《かいもく》がつかない。教えてくれないか」

恐ろしいことに素《す》かよ。言えるわけがない。言うとセクハラになる。

「……お前の胸に聞いてくれ」

「だから巨乳だとかわざわざ言うな！　このセクハラ男め！」

気づかったのに、同じ反応された……。

一段とエリアスとの溝が深まってしまった。

エリアスのあとを追う途中、愛河がくるっと振り向く。

「あの、業平君は、高鷲《たかわし》さんとは上手《うま》くいってます？」

愛河にとっては珍しい遠慮がちな声と表情。

「そうだな、よくもなく悪くもなくってところかな……」

「業平君はあの人と仲良くやるべきです。友達なんですから。愛河のことは気にする必要はないですからね。そ、それで、すねるほど愛河のふところは狭くないです……」

高鷲と同じようなことを愛河は言った。

だったら、やっぱり俺を間にはさめば、関係改善ははかれるかもしれない。

まあ、高鷲も俺もお互いに友達じゃなくて、ただの同盟者なんだけどさ……。

あとで飲んだ『副会長聖水』は、エリアスの力のおかげか、たしかに美味《うま》かった。

★

ＬＩＮＥで『シミュレーション室行く』と送っておいたら、放課後に高鷲《たかわし》は来ていた。

俺にあいさつもなく、黙々と文庫本を読んでいるが、邪険にはされてないと判断したい。

俺も宿題でも取りかかるかと定位置の椅子《いす》に腰を下ろすと、頭に何かが当たった。

コンビニのレジ横に置いてある、あの一口チョコだった。定番のミルク味。俺の一番好きなやつ。

飛んできた方向は一か所しかない。ちなみに小石がぶつかった程度の威力はある。

「ありがとな。そこそこ痛いけど」

高鷲は離れた窓際で本に視線を落とし続けている。

「これ一個でどれぐらいグレ君に恩を売れるの？」

「ここまで安いものでは取引できん」

「お高くとまってるわね」

「お前が安く買い叩《たた》こうとしてるんだよ」

お互い、自分のパーソナルスペースでしたいことをする。ある意味、理想的な環境だ。

それで十五分ほど宿題をやってた時だった。

「菖蒲池《あやめいけ》さん、人気みたいね。クラスでもかなり話題になってる」

「そうだな。ぼっちの呪縛《じゆばく》から解き放たれようとしてる」

やっぱり高鷲からその名前が出ると警戒する。むしろ、あいつから愛河《あいか》の名前を出したことを評価するべきだろうか。

高鷲はわざわざ本を閉じていた。

「あのね、はっきり言うけど」

「お前、いつもはっきり言うだろ」

「彼女の異能力は注目されることに向いてないわ。危険を避けるなら、今のうちに止めておくほうがいい」

俺は「水を差すようなこと言うなよ」と言う寸前で止めた。

ケンカの時、高鷲が文庫本に手をじっと置いていたのを思い出した。

高鷲が覚悟を持って何かを語る時、本は閉じられる。

「愛河のことを気にしてるなら、直接言えよ。今度は誤解されないように目も合わせないようにしたら、仲直りもできる……はずだ」

「できるわけないでしょ。仲直りなんてしたことないし」

たしかに、俺もやり方がイメージできない。

俺の十六年と数か月の経験をすべて引っ張り出してもそんな記憶がないので、素直にスマホで「仲直り　方法」と検索をかけてみた。

ずらっと出てきたものがほとんど「彼氏と仲直り」「彼女と仲直り」だったので殺意が湧《わ》いた。そんなの知るか！　まず作り方教えろや！

やっと見つけた友達と仲直りする方法のサイトをクリックした。

話し合って解決しましょう――という猫でも知ってるようなことしか書いてなかった。

ネットに頼っちゃダメだよな。自分たちの身に起きてることなんだし。

「きなこ味のほうがよかったかも」

唐突《とうとつ》に高鷲《たかわし》が言った。そう言った高鷲は俺にくれたのと同じ味のチョコを食べていた。

「わかった。明日は俺が買ってきてやる」

「ありがと」

突っ伏しながら、高鷲は本を読む。教室よりはリラックスしてるように見えた。わからなくはない。ここには二人しかいないのだ。俺の能力的にもぼっちにもこれぐらいの人口密度のほうが楽だ。しゃべらないといけないって強迫観念も高鷲との間にはない。

「俺は愛河《あいか》がもっと目立てばいいと思ってる。これって愛河にとっての成長だし、友達が上を目指すのを応援するのが友達のあり方だと思うし……」

愛河は長らく、異能力のせいで誤解を受けてきた。それを一気に解くチャンスが来ている。

背中を押してやりたい。あくまで精神的な意味で。

それは俺だって、高鷲だって、抱《かか》えてきた悩みだ。

「そうね、グレ君にとってあの子が唯一《ゆいいつ》の友達だもんね」

なあ、高鷲、お前はどうなんだ？　話してくれなきゃわかんないよ。

もっと膝《ひざ》を突き合わせるようにして、話すべきだろうか。そしたら悩みを解決できるだろうか？　でも、愛河が怒って出ていったように傷口が広がるかもしれない。

それに、高鷲にはこのシミュレーション室しか居場所がないのだ。ここにいづらくなるような真似《まね》はできない。別に高鷲のためだけじゃない。俺だって、愛河って友達がいる以外は、ここにしかいられないんだ。

貧すれば鈍するってやつか。

持ってるものが少ないから、余計に変化を恐れて何もできなくなる。

開け放している窓からは、運動部の楽しげな声が聞こえてくる。

「友達がテーマの小説を読んでるんだけど」

唐突に高鷲が言った。唐突すぎて、独り言なのか、俺への言葉なのかもわからなかった。

「友達がいたらいたで、大変そうね。隣《となり》の芝生は青いということかしら」

やっぱり友達ほしいんだよな？　そういう意味なんだよな？　じゃあ、まずは愛河と仲直りしろよ——って言いたいけど、言えない。すべてが無茶苦茶《むちゃくちゃ》になりそうで言えない。

高鷲《たかわし》は愛河《あいか》に上手《うま》く伝えられなくて、こうなった。自分もそうしてしまうかもしれない。

「でも、友達のせいで大変だとか言ってみたいだろ？」

「さあね」

それきり、その日は帰るまで高鷲は何も言わなかった。それで何も困らない。ある種、ここは俺たちにとってのホームグラウンドなのだ。二人だけならドレインもココロオープンも問題ない。

けど、ここにいれば人付き合いも増えない。

聞きたいことはものの見事に、踏み込んだ内容のもので何も高鷲に尋ねられない。

視線を合わせずに相手の心情を探るのが難しい、そんな当たり前すぎることを実感した。

★

翌日、愛河のポスターが学校の廊下にやたらと貼ってあった。

強盗だってやっつけます！　そんなキャッチコピーみたいなものが書いてある。

「エリアスのやつ、行動力だけはあるからな……」

きっと昨日も遅くまでエリアスに付き合わされたんじゃないか。ねぎらってやろうと一時間目の休み時間、愛河のいる五組のほうに向かった。それが友達の責務だ。

昨日の三倍ぐらいの人がいた。

「じゃあ、行きますよー！」

胸に衝撃吸収クッションを作れる異能力者の男子に、愛河がパンチを打ち込む。

男子生徒は「うぼあっ！」というひどい声をあげて、五メートルは吹き飛ばされた。

護身術っていうより、ガチの格闘技だな。

「大丈夫ですかー？　数学のストレスぶつけるつもりでやりすぎちゃいましたかね」

クラスからも「愛河、怖いわー」なんて明るい女子の笑い声が聞こえてきた。

これは敵に向けるものじゃなくて、身内へのものだとすぐにわかった。

人に囲まれてる愛河。かたや廊下の壁にひっついて遠目に見ている俺。なんかの寓話かというぐらい、違いがあった。

愛河に視認されるところでスマホを出すと当てつけみたいだから、別の階に行って、LINEからメッセージを送る。

『マジで人気になってるな！　これからもその調子でいけ！』

うん、友達として俺は正しい振る舞いができてる。間違いない。

その日、愛河は女子グループとの会食のはずなので、俺は一人で弁当を食べていた。

右側の席では、エリアスがいくつも企画書らしき紙を出してニタニタ笑っている。

「菖蒲池《あやめいけ》さん、彼女は想像以上の逸材《いつざい》だ。真面目《まじめ》でひたむきで、こちらの要求もしっかり呑《の》んでくれる。ふっ、彼女は西高《セイコー》のシンボルになれるよ」

しかも独り言でなんか口走ってるし。半径一メートルのテープの外側からだろうとしっかり聞こえる。

「お前、あまり愛河《あいか》に無茶《むちゃ》させるなよ……」

「心配しないでいい。業平《なりひら》よりもわたしは彼女を幸せにしてあげられるからね」

したり顔で言うエリアスの言葉が妙に引っかかった。

「業平は彼女の友達らしいね。彼女が言っていたよ。強盗逮捕の時にも居合わせたんだろう」

「あっ、そ、そうなんだ……」

愛河がはっきりそう認識してくれていることが今更ながらうれしかった。

「わたしだって彼女の幸せを願っているよ。つまり、友達である君とウィンウィンの関係だ」

「それぐらいわかってるよ……」

しかし、おかしいな。

一応俺にも友達ができた状態になったはずなんだけど。関係も良好なはずなんだけど。

あんまり楽しくないぞ。

昼休みが終わる頃、愛河から『仲良くごはん食べられました！』とＬＩＮＥが来た。

気にするな。愛河は元気に楽しくやってる。友達なんだから喜べ。友達の成功を喜ぶのが友達なんだ、友情なんだ。

俺は『やったな！　これで友達も増えるな！』とすぐに返した。

それから数日、愛河の名前がそこかしこで出てくるようになった。

・愛河の放課後防犯講習
・愛河の昼休みラジオ

やってることは学校の範囲内だから地味と言えば地味なのだが、確実に愛河の名前を広めることには貢献《こうけん》していた。とくに防犯講習は本気で聞きにいった女子がずいぶんいたらしい。

そのあたりの内容はエリアスからの自慢話で自動的に聞かされた。こいつが隣《となり》に座ってる唯《ゆい》一《いつ》のメリットだ。

「彼女は語っていたよ。あの異能力で何度も男に抱き着かれたりしたことがあるそうだ。そういう経験から、的確に相手を転がす技術も会得《えとく》したらしい。彼女の場合、自分の異能力によるものだから相手を傷つけず、かつ自分の身を守る技術は必須だったわけだ」

「うん。女子はそのへん大変だよな。俺は痴漢に遭《あ》ったことないからわからん」

俺が女子でも異能力的に絶対身は守れるだろうけど。逆に抱き着いて倒せる。

「彼女の人柄が理解されてきたよ。男に節操《せっそう》がないっていう悪い印象も消えていくだろう」

「そこんところは、ほんとにエリアスに感謝する」

俺の言葉にエリアスは面食らった顔をしていた。

「君に感謝されるとか不吉《ふきつ》だな。三秒後に死んだらどうしてくれる」

「効き目が劇的すぎるだろ！　俺の友達のためになってるんだから感謝ぐらいする」

言葉のとおり、エリアスは俺より愛河《あいか》の幸せに貢献《こうけん》しつつあった。

「月末に控えてる表彰集会が楽しみだよ。そのためのプロモーションムービーも制作中だ。彼女の心情告白も含まれてる骨の髄《ずい》まで本気のやつだよ」

「心情告白ってなんだよ」

「異能力のせいで友達もできなかったけど、その殻《から》を破れて今は幸せですというものだ」

言われて、あらためて愛河の苦しみを再認識する。

愛河も俺とまったく同じようなことで苦しんでたはずなんだ。ぼっちだったんだ。

ぼっちの沼から抜け出して、羽ばたいてる。

「ところで君、最近、菖蒲池《あやめいけ》さんと会ってないらしいね？」

いぶかしむような表情で、探るようにエリアスが尋ねてきた。

「あっ、ああ……だってそれこそ撮影とかいろいろあって忙しいだろ……」

「なるほどね。てっきり、人気者に気おくれしたのかと思ったけど、うがちすぎか」

何か納得してないのか、エリアスはじろじろと俺のことを隣《となり》の席から見てきたが、

「君は君なりに勝手にやりたまえ」

と捨て台詞《ぜりふ》のようなものを残して、机の教科書に視線を落とした。

そうそう、別に俺は愛河を避けてるわけじゃない。

むしろ、忙しい友達を気づかった結果だ。俺は気配りのできる男なんだ。

「あなた、最近、菖蒲池さんに会ってないんじゃない？」

ほぼ同じことを放課後、シミュレーション室で高鷲《たかわし》に言われた。

相変わらず、友達ではありえない物理的距離をおいて、俺たちは話している。机の向きすら、ねじれの位置にある。

どっちの机にも、一口チョコが置いてある。俺が買ってきたものだ。

「それは、愛河がエリアスにつかまってて忙しいからで……」

「言い訳おつかれ様でーす」

「お前、おちょくってくるなよ」と、高鷲用に視線を向けずに言う。

「今のグレ君の気持ち、ある程度わかるわ。彼女がビッグになっていくのはいいことのはず。なのに、それを喜べない自分がいる。そんな感情はウソだと思い込もうとしている」

やっていた宿題の手は時間停止の異能力喰《く》らったというぐらいに見事に止まった。

「お前、他人の心読む異能力まであるのか!?」

「自慢じゃないけど、私はぼっちなの。ぼっちの心情なんて状況判断で理解できるわよ。人間の考えにはある程度の普遍性があるし、グレ君はとくにわかりやすいからね」

本当に自慢じゃないことを自信満々にそう言ってから、べたーんと高鷲《たかわし》は机に突っ伏す。打ち上げられたタコみたいに無気力に見えるが、今はその知性に頼りたいと思った。

「高鷲、教えてくれ。俺は人間として間違ってるのか？」

本来、ここに来ているのは高鷲の孤立を止めつつ、高鷲と愛河《あいか》の復縁を狙《ねら》うためだった。なのに、俺が愛河との関係に不安を感じていてそれどころじゃなくなっている。

「生まれてきたのを間違ったかと問われると、さすがの私も間違ったと言いづらいわ。あなたは勝ち組。なぜなら生きてるだけでラッキーと言えなくもないから」

「そんな根本的な問題じゃねえよ！　俺の思考のことだよ！」

「グレ君、物理の有名な法則があるでしょ。それを思い出しなさい」

「なんだ？　重力がどうとかいうやつか？」

「仲がいい奴《やつ》が突然ビッグになると話しかけづらい法則」

「ねえよっ！　でも……わかる！　くそっ！　超わかるっ！　わかってしまう！」

こういう経験、小学校の時もあったたな……。子供将棋クラブみたいなのに入ってたんだけど、一緒《いっしょ》に習ってた奴が途中からとてつもなく強くなって……棒銀《ぼうぎん》で攻めることしか知らない俺がしゃべるの恥ずかしくなって、距離置いたんだ……。

ほかにもある。仲間内でカードゲームやってたんだけど、その中に大会に出て実績残すような奴がいて、一緒《いっしょ》に大会出ようとか言われたけど、申し訳ない感じがして離脱した……。

相手からの悪意は何もなかった。お前なんて仲間じゃないなんて言われたりもしなかった。むしろ手を差し伸べられていた気さえする。

でも、資格がないように思えて、俺はその手をつかめなかった。

その時から俺は何も変わってないんじゃないだろうか。

「俺は、どうしたらいい？」

「さあ」

即答で逃げられた。ここは答えを教えてくれる流れじゃないのかよ。

「でも、グレ君だからこそ、できることも何かあるんじゃない？　ぶっちゃけ期待されても人間関係なんて相手のあるものに最適解なんてないから、それ以上は言いようがない」

そっけない態度に反して、高鷲の言葉はとても誠実だった。

「今の私は、彼女とも、あなたとも友達じゃない。たんなる学年トップの成績のぼっちよ」

自虐《じぎゃく》なのか自慢なのかはっきりしてほしい。

「だけど、こういうのは部外者のほうがよく見えることもあるの。ただ、見えることと解決策がわかることとは別。そういうのが下手《へた》な私には本当にわからない」

高鷲は机に突っ伏したまま、両手の人差し指同士をこつこつ当てていた。

「あなたは彼女の友達としてできることを考えていけばいいんだと思う」

高鷲が顔を上げていた。一瞬だけ見たその顔は、言葉と同じぐらい誠実だった。

「あの子の異能力はそれなりに危険なの。全肯定するだけのファンとは違う距離感の人間はいたほうがいい。あの子にファンはいても、友達はそんなにいないから」

また「ファン」という概念《がいねん》作って友達から隔離したなと思ったけど意味はわかった。

「考えとく。ところで、話は変わるけど――」

本音が出ているると思ったし、このタイミングなら聞くぐらいはできると思った。

「高鷲《たかわし》は愛河《あいか》と友達になる気はないのか？」

高鷲はまた突っ伏すという卑怯《ひきょう》な手段に出た。両手を頭の上に載せた。

「彼女が悪い子じゃないというのは一万歩譲って認める」

もっと少ない歩数で認めろよ。

「ただし、彼女とやっていけると思えるかと言えば、ＮＯね。キャラが違うもの。力士がサッカー選手には転身できない。私は自分みたいなタイプとしか一生仲良くできないんだと思う」

「お前が二人いたら毒舌関ケ原《せきがはら》だ」

けど、同じタイプとしか仲良くできないって言葉は呪いみたいに頭に残った。ぼっちの俺たちも人を選びすぎているんだろうか。それとも人間が友達になれるのはそんな狭い範囲だけなんだろうか。

――と、ポケットに入れていたスマホがふるえた。

愛河からのＬＩＮＥだった。

『明日の昼休み、中庭で食べましょう！』というお誘《さそ》いだった。

★

愛河の友達として接しよう——午前中、ずっと心に決めて昼を待った。

きっと多忙だろうに、むしろ愛河は俺のことを心配してくれている。それは俺が友達で、しかも愛河しか友達がいないからだ。俺が悩みの種になっちゃ話にならない。

中庭隅《すみ》の定位置で待っていると、少し遅れて愛河が手を振ってやってきた。

「お待たせしました！　ちょっと呼び止められちゃって……」

「呼び止められた？」

愛河は俺の耳元に顔を近づけて、「異能力のせいで告られやすいので」と言って、すぐ距離をとった。それから通路をはさんだ花壇脇に座る。愛河を好きになる男子、さらに増えてるんだろうな。

テスト勉強の話とかたわいない話をしたが、以前と環境が明らかに変わっていた。

不気味なほどにたくさんの視線を感じる。「あの微妙な距離にいる男子、誰？」「彼氏の距離じゃないよね？」「親衛隊的な？」なんて声もする。

エリアスのアイドルを作るという計画がこうも軌道に乗るとは……。

「はーい、今日はちくわで作ったイカさんちくわですよー」

俺の弁当箱にイカの形をした白いものが載る。お返しで何か送りたいが、単品で独立したものがブロッコリーぐらいしかない。つり合わない。

「あっ、菖蒲池《あやめいけ》さん、何かあげたよ！」「やっぱ彼氏？」「でも、すぐ離れた」

噂話《うわさばなし》するのはいいけど聞こえない声でやれ……。

ぼっちイヤーはそういう声に無駄に高感度なんだよ。

あれは中二の時。休み時間に机で寝てたら女子が「波久礼《はぐれ》君、また寝てるね」「友達いないのかな……？」って言ってるのが聞こえて、起きるに起きれなくなった。

事実、友達いないから寝てたんだけど、心の中では眠たいから寝溜《ねだ》めしとくか～的な言い訳ストーリーがあったんだよ！　そういう防衛機能が全部ぶっ壊されたんだよ！　友達いないの気になるならお前らが友達になろうとしろよ！　なんで本人がわかっちゃうように話題にするんだよ！　そっとしとけ。ぼっちをコンテンツにして消費すんな！

黒歴史が高密度なので、ふとしたことで記憶の上部にやってくるな……。

「業平《なりひら》君、どうしました？　イカよりタコのほうがよかったですか？」

「残念ながらそこまでどうでもいいことじゃないんだけど、大丈夫だ。ちょっと『うわ！　恥ずかしー！』って頭の中でなるだけでそれ以上の実害はない」

「それって、いいんですかね？　いいということにしておきますね」

そこは俺の中でも解釈が難しいところだ。

「てっきり、この環境がいづらいのかと思って、愛河《あいか》、心配しました」

愛河が苦笑する。

高鷲《たかわし》にもばれてたけど、俺ってそんなわかりやすいのか。

ここまで愛河が注目されると、安全な距離で弁当を食べてるだけでプレッシャーがかかる。

「あのさ、もし、ほかに友達ができてそっちと時間使いたいんだったら、そっち行ってくれていいから。新しい関係築くのも大事だと思うし……」

愛河の時間を独占することに一種の罪悪感を覚えていた。「こいつ、常に一緒《いっしょ》にいるよな」と思われるのもつらかったし、俺自身、一緒にいる自信がなかった。

「業平君、そんなこと言われると、愛河寂《さび》しいです。自分の価値が低いですって言うのは一種の自己防衛ですし、そんな業平君とごはん食べてる愛河ってなんなんだろうってなっちゃいます」

いかにも作ったようなジト目になる愛河。それでも、その言葉は反論の隙間《すきま》がどこにもないぐらいの鉄壁の正論なので、俺は素直に反省するしかない。

「だよな……。自分がザコですって言ってたら相手に失礼だよな……」

そこでジト目モードは解除された。また愛河スマイルが表れる。

「それでも、そこが業平君なりのやさしさだとわかってるので、いいですけどね！」

また、サキュバスの力が……。あぁ、正式に彼氏になって付き合いたい……。ランドとか行って、クソ長い列に並んで「列長いねー」とか言うまでもねえだろバカかってぐらい情報量の少ない会話したい！　もちろんそんな人の多いところにドレイン持って行ったら迷惑も迷惑だから一生行けないけどな！

「えーりんとはどうなってますか？」

左手をメガホンみたいにして、あだ名のほうで、愛河《あいか》は呼んだ。

それからすぐに愛河は気を紛《まぎ》らわすように、頭のシュシュをくいくい引っ張った。

「ぼちぼち。どうやら、愛河のこと、心配してるっぽい」

あまり高鷲《たかわし》をフォローしすぎて、高鷲の回し者に見えてしまうのもどうかと思うので、言葉はそのあたりでとどめた。

「そうですか」

愛河の口から仲直りしたいという声まではまだ聞けなかった。

そこにいくつかの足音と視線を同時に感じた。

「アヤメ、ここにお邪魔してもいい？」

女子の三人組が愛河をそんなふうに呼んだ。ネクタイの色からして、同じ二年生だ。

「うん、どうぞ、どうぞ！　ただ、業平《なりひら》君の近くは異能力の関係でダメなんで、愛河の隣《となり》で」

すぐに俺への配慮からか、説明をする愛河。

それから、強盗逮捕の前に俺が愛河を助けたことまで話してくれた。

「あの離れてる人だよね？　それ、王子様ってこと？」

「いやあ……俺は、どうなのかな……ははは……はは……」

その反応、恥ずかしい。というか、初対面の女子と飯食うの俺には難しすぎる！

「ですよね。業平君、異能力で苦労してるけど、ほんとにいい人なんですよ！」

愛河はなんの屈託《くったく》もなく、楽しげに女子たちと話している。

こういうのを友達っていうんだろうなと思った。遠慮という概念《がいねん》がここにはない。

ああ、女子高生の横には女子高生がいるべきだ。それが一番自然だ。

けど――なんで、俺はこうもいたたまれない気持ちになるんだろう？

仲間はずれにされてるわけじゃないのに、強い疎外感《そがいかん》を覚えた。

外側から愛河が笑っているのを見ている気がした。間にガラスができている。愛河はもうリア充の側なんだ。価値が俺と愛河の間で違ってしまっている。愛河のほうがずっと上だ。

愛河は笑っている。すぐ隣《となり》に女子たちがいる。俺は衛星みたいに、面白《おもしろ》くもないのに笑った顔をしている。

俺は愛河の友達だけど、友達って今の愛河と女子たちの距離のものを言うんじゃないのか。

俺は友達として何ができてるだろう？

勇気づける？　元気づける？　やれたこともあったとは思う。

でも、その役目は終わった。

高鷲《たかわし》が言った、キャラが違うという言葉が頭によみがえる。

自分がいても愛河《あいか》が困ることになる。友達を困らせたくない。

来週にある表彰集会あたりで俺は身を引こう。

ゆっくりフェードアウトすれば、夏休みの間に友達の関係も切れるだろう。

女子と会話してた愛河が俺を気づかうみたいに視線を送ってきたけど、俺は弁当箱に目を落として、気づいてないふりをした。

★

実は、ゆっくりフェードアウト作戦は、俺が決断をする前から無意識下で行われていた。

愛河のアイドル化と反比例して、俺と愛河の交流は明確に縮小していた。

結局、強盗逮捕の日以来、俺と愛河は一緒《いっしょ》に下校することすらしてない。漠然としたクラスの知り合いって次元ならともかく、友達と明言化した仲にしては薄すぎる。

だから、ＬＩＮＥの返答をわざと遅くするのにも、そこまでのためらいはなかった。やる時はみじめだったけど。

俺が退場しようと決めなかったとしても、早晩、愛河の周囲にはいられなくなる。

もう、愛河はリア充側に包摂《ほうせつ》されつつある。女子に嫌われるという要素が消えた時点で、愛河のコミュ力と容姿ならそれは決まってたことだ。

ＬＩＮＥの一覧を見たら、ずいぶん愛河のメッセージの比重が増えていた。俺があまり返信していないせいだ。

高鷲に絶対なんか言われるだろうけど、シミュレーション室に逃げよう。

また、ぼっちになって寂《さび》しいかと言われると、多分耐えられると答えるしかないな。だって、ずっと本当に孤立してたんだから、孤立してる人間が二人いるならなんとかなるだろう。

表彰集会前日、教室でのぼっちメシ中に『一緒《いっしょ》に帰りませんか？』と通知が来た。

『今日は用事があるから、ごめん』と打ち込んで送信ボタンを押せ――――なかった。

右手がぶるぶるふるえた。寒気がした。

噛《か》んでいる飯をどれだけ噛んでも飲み込めなくなった。

一分ぐらい文字をにらんで、文字をすべて消去した。

こうやって返信しなかったら、俺が悪者になれる。既読スルーした嫌《いや》な奴《やつ》ってことになる。

それでいいんだ。

友達を続けられないと言えば、絶対に愛河は自分のせいだと思うから。最悪、リア充グループ全部切り捨てて俺のほうを選ぼうとするかもしれない。そんなの、何も愛河のためにならない。

友達のために、友達をやめる。

これが俺なりの友情の示し方だ。

右側の席からエリアスの「表彰集会で菖蒲池《あやめいけ》さんは伝説になる、そのうえで生徒会に加入してもらえれば、彼女の魅惑化《チャーム》の異能力で生徒会支持率もうなぎ上り、ふふふっ、わたしの勝ちだね！　もうサキュバスだなんて呼ばせないよ！」という大きな声が聞こえてくる。

思いっきり、ほかの生徒にも聞こえてたけど、目論見《もくろみ》をすべて言ってしまってる分、クリーンなイメージがついている気がするので、これでいいんだろう。

「業平《なりひら》、今日は機嫌がいいから『副会長聖水』ホットレモンをやろう」

「お前、これを無意識にやってるのってすごいな！」

「だから、何を言いたいんだ、君は？　正真正銘、わたしが作った水だよ？」

そこで、またエリアスは首をかしげて、「？」を表現した。今の表情はかわいいけど、インストールされてる人格がアレなのが、もったいない。

「ほら、受け取るがいい」

勝手にエリアスはペットボトルを投げてきた。俺の机の上を転がって止まる。

これ、弁当食ってる時に机に載せるもんじゃねえな……。特殊な性癖の奴《やつ》に売ろうかな……。

またスマホが振動した。

『用事があったら、言ってくださいね！』

俺はスマホを裏返した。

その日の放課後も、俺と高鷲《たかわし》はシミュレーション室にいた。

運動場では歓声が上がっていた。窓のほうに寄ってみると、愛河《あいか》がマットを出して、護身術の指導をしているのが見えた。

「なに、失恋した男が元カノを見つめてるみたいな態度とってるの？」

「恋が実ったこともないから失恋経験もな――あっ、こういう自虐的《じぎやくてき》なこと言うと自分もきつくなるから、今のは忘れてくれ」

「でも、このキモさはグレ君本来のキモさじゃなくて、プラスアルファのものよ」

それ、俺がデフォルトでキモいって言ってるよね。

「つまり、必要以上にキモくなってる理由がある。菖蒲池さんと何かあった？」

むしろ愛河と何もないと言ったほうが正解だった。

「なあ、高鷲、もう友達を集める作戦のほうは復活させないのか？」

「私のことなら気にしないで、友達の菖蒲池さんと仲良くすること考えたら？」

お互いに相手の質問に答えないで、一方的なことを言っていた。

会話のデッドボールが続いている。

一方的すぎたので、二人とも黙りこんだ。

運動場の歓声だけがノイズになって入ってくる。何がそんなに面白《おもしろ》いんだ。人生なんてほとんど笑えないことじゃないか。

「グレ君、友達には義務というものがあると思うの。もし、友達が危うい選択肢《せんたくし》をとろうとしていたら、ちゃんと忠告する。それが友情ではないかしら」

高鷲《たかわし》は読んでいたハードカバーの本を閉じて、また話をはじめた。

「私からしたら、クラスが一緒《いっしょ》というだけで、なんとなく仲がいいポーズとってるのは友達ではなくて、よくしゃべる他人よ。以前はそういう関係すらうらやましいと思ってもいたけど、だんだんザコだとわかってきたわ。ただ酸素吸って二酸化炭素吐いてるだけの連中」

「勝手にザコに認定してやんなよ……」

「でも、グレ君とあの子の関係は、ザコではないと私は思わなくもないこともないと言えなくもない」

ほぼ、思ってねえじゃねえか。

「彼女だって、異能力の特性上、男に友達だと言うことには抵抗があったはず。きっと、それなりの覚悟があって、グレ君と友達をやってる」

そこのところを疑ったことは俺にだってなかった。

愛河《あいか》だって俺をどこかで信頼してくれていたのだと思う。

でも、どうやって友達として愛河にこたえればいいのか、俺にはわからない。

それどころか、愛河が幸せになりつつあるのにずっと幸薄そうな顔をしている。

友達の幸せを祝えない友達なんてのはいちゃダメだ。

「やっぱり、高鷲って愛河のこと、気にしてるよな」

「目の上のたんこぶという意味ではね」

せめて二人の仲を修復できればと思うけど、自分がこのていたらくじゃ何もできない。

音楽性の違いで解散ってこんなふうに起こるんじゃないかと思った。悪人は誰もいないのに息苦しい。

「明日、例の集会ね」

「だな」

「グレ君はちゃんと祝ってあげてね」

俺は少し迷ってから、「うん」と答えた。

その時が来てないから、まだウソにはなっていない。

明日が来なくなるような異能力があったらいいんだけど、そんなものはこの世に存在しないんだ。

# 7 不器用な人間は不器用なんだから不器用なりに生きていくしかないよね

金曜日、五時間目が終わると校内放送が表彰集会を告げた。

生徒はぞろぞろと別棟《べつむね》の講堂に移っていく。

そうっと教室に残っていようかとも思ったけど、講堂で点呼をとられる可能性もあるし、足を運ぶことにした。

怖いからスマホは昨日からカバンに入れたまま見ていない。

講堂は入り口のところに暗幕がされてあって、窓も同じように覆《おお》われていて、何か映像を流す準備というのが明らかだった。

エリアスの言っていたプロモーションムービーか。

場合によっては、そのあとに愛河《あいか》が生徒会に入るだなんて報告をするのかもしれない。

ドレインの性質上、定位置である一番後ろに立っていると、前のほうから「これ、菖蒲池《あやめいけ》さんのイベントだよな」「副会長が総力あげたって」なんて声が聞こえてくる。

俺はずっと、うつむいていた。

このあと、愛河が正面の舞台に立つ。

多分、愛河は俺の姿を捜す。

俺はクラスの一番後ろのはずれだから、すぐにわかる。

がやがやと私語をする声の中にマイクチェックのハウリングが混ざる。

本当に、吐きそうになった。まるで自分自身の体力をドレインで奪われてるみたいだ。

これじゃ、愛河が出てきた時にどうにかなる。

後ろを振り返った。教師がいるわけでもない。逃げられなくはない。最悪見つかっても体調不良だと言えば、怪しまれることもないはずだ。きっと青い顔してるだろうし。

こんなことなら、友達作らなきゃよかったな。

こんな苦しい思いするなら、ずっとぼっちのままでよかった。

死にたい――とまでは考えてないけど、違う世界線の俺が百人ぐらい揃《そろ》えば、五人ぐらいは死にたいと思ったかもしれない。

わかってる。俺は愛河のためと言いながら、自分が傷つきたくないだけのクソ野郎だ。

愛河、ありがとう。

愛河、ごめん。

暗幕の境目から扉を抜けて、講堂の外側に出――

「逃げるの？　ここで待ってて正解だったわ」

扉の外に高鷲《たかわし》が腕組みして立っていた。

高鷲の目はザコを貶《おとし》める目じゃなくて、子供を叱《しか》る親のような目をしていた。

背後からマイクで何かしゃべってる声がした。集会ははじまったらしい。

「これが、俺なりのけじめのつけ方なんだ」

俺が高鷲《たかわし》の目を見ないのは、見てはいけないから。

決して、見られないからじゃない。

「そんなけじめ、おかしいでしょ？　あなたは彼女の友達なはずよ。なら、今日の様子を見てくるのが筋ってもの。ケンカ別れをしてしまった私とは意味が違うわ」

高鷲の語調はこれまでにないほどに強い。

変な話、俺は高鷲がここまで食いついてくることに意外な感じを受けていた。

「友達として、こうするべきだと思ったんだ。俺が愛河《あいか》の横にいたら、絶対に邪魔だ。ほかの友達ができづらくなる」

誰もが言い訳をわかってる言葉にどんな意味があるのだろう。

「それは彼女に伝えてるの？」

「伝えてない」

「じゃあ、彼女に伝わるわけないでしょ。一人で自己完結しちゃダメよ。グレ君、あなたが考えてるほど他人はほかの人間に興味がないの。察しろなんてのは虫のいい話よ」

少しだけ顔を見た。怒っているのではなく、高鷲は悲しそうな顔をしていた。

まるで俺の代理で泣こうとしているみたいだった。

「グレ君、そんなのはやさしさじゃない。誤解をたくさん受けるだけで、何も残らない」

俺たちの声は暗幕に隔《へだ》てられて、まったく内側には届いてない。

「愛河にとって、俺は無価値なんだ。高鷲だってわかるだろ」

リア充になろうとしてる人間のそばにぼっちは必要ない。

「友達って価値とか意味のためにに作るものじゃないでしょ」

そんなの理想論だ。

高鷲にしてはきれいすぎる。いや、違う。高鷲はもともと友達とは互いに高め合うものだとか言っていた。こいつは純粋すぎて、それで弱い関係の友達では妥協《だきょう》できなかったんだ。

「高鷲、今、この高校で仲良くやってる連中もさ、八割がた、大学が別々になった時点でバラバラになるんだ。小学校時代の友達で今も親友って奴《やつ》が何人いる？　しょせん、友達なんて高校生活を楽しく過ごすための道具でしかないんだ。だから俺はふさわしくない」

言ってる俺が泣きたくなってきた。

だって俺はそんなふうに愛河を見たことなんて一度だってないんだから。

そんなふうに思っていたら、こんなつらい決断をいちいちやる必要もないんだから。

「グレ君、菖蒲池《あやめいけ》さんが可哀想《かわいそう》よ。だけど、同じぐらいに――グレ君が可哀想」

ああ、ここで毒舌でバカにするのか。いいよ、それでいい。俺はどうしようもないチキン野郎で――

あの高鷲《たかわし》がまっすぐこちらを向いていた。

俺はそっと瞳《ひとみ》を閉じる。高鷲の異能力が発動するからなのか、真剣な目を見返せないからか、自分でもどっちかわからなかった。

「愚《おろ》かだとか間抜けだとか言ってくれたほうがよかったな」

「グレ君は私が彼女とケンカした時、私を突き放したりはしなかったわ。あの時のこと、私は感謝してるの。あれは孤独を知ってる人だからできる気づかいだった。今回もグレ君はやさしすぎるから友達というものを深く考えすぎて、よくないほうに進もうとしてる」

「ぼっちだから、観念ばっかりが肥大してるんだよ。それだけだ」

自分を下げる言葉をどれだけ語っても、それは『だから自分は嫌われて当然だ』という逃げ道だと俺も高鷲も知っている。ぼっちな上に賢い高鷲には通用しない。

だから、もっと飾りけのない言葉を使うしかなかった。

「愛河《あいか》がリア充になっていくのを見てると、俺が取り残されてくようで、苦しい……。愛河のまわりに集まる奴《やつ》の中で俺だけが浮く。一メートルだった物理的な距離が頭の中でどんどん広がっていくんだ。友達をやめたい……」

偽《いつわ》りのない本音が出た。

「俺と愛河は別の場所でないと生きられない！　結局、俺は愛河の差し伸べてくれた手も握《にぎ》れなかったんだ！　自分と違うタイプの友達とやっていく自信がなかったんだ！　ぼっちから脱

出したいと言っていながら、俺は自分からぼっちに戻ろうとしてるんだよ！」

「二人なら、それぐらい乗り越えられるわ。お互いに相手を尊重できる」

どうして高鷲《たかわし》はそんなに俺に関わってくるんだ？

「なあ、そこをどいてくれ」

「絶対どかない。むしろどきたくなくなったわ」

「こんな人間のクズがどうなったっていいだろ？　貢献《こうけん》レベル０のクズだ！」

高鷲が俺に近づいてくる。大股《おおまた》で一歩、二歩。一メートルの壁を突き破って。

ああ、これはあきれられて殴《なぐ》られるかなと思ったけど――

俺の人差し指だけが握《にぎ》られた。

「いいわけないじゃない。私とグレ君は同盟を結んでるんだから！」

はっとした。

自分と高鷲とのつながりはすべてそこからはじまるんだ。

「私は同盟相手が間違えた道に進もうとしたら、止める義務がある。私はグレ君が友達を失うことを見過ごさない。ここで逃げたらグレ君が絶対に後悔する」

ずっと、高鷲えんじゅという女子は虚勢を張って生きてると思っていた。

勝気な表情も、口が悪いのも、全部が全部、ポーズだと思っていた。

そうじゃなかった。そんなのは全部高鷲の意志の強さが作ったものなんだ。

「私はグレ君が友達を作れるように努力してきた。カラオケボックスではひどい目に遭《あ》わせたけど、どうにか菖蒲池《あやめいけ》さんが見つかったじゃない。グレ君も私のためにあれこれ考えてたわよね。そこにウソはなかった、だったら、同盟は破られてない！」

負けた。これじゃ、逃げられない。目の前の高鷲から逃げられない。

「同盟相手として言うわ。グレ君は彼女と向かい合いなさい。戦いなさい。異能力のせいにするのを今回だけはやめなさい。それで傷ついてみればいいのよ。もしかしたら、傷つかずにすむかもしれないし、それでボロボロになったのだったら――」

ようやく俺の指を離し、元の位置に戻って振り返ると――

高鷲は自分の胸に左手を当てて笑った。高鷲にしては少し爽やかすぎた。

「私のところに戻ってくれれば？　単純なグレ君の気持ちぐらい全部わかるから」

心の底から高鷲は同盟相手のバカのことだけを考えて、生きていたんだと知った。

けど、そうなんだよな。ぼっちは誰だって不器用でクソ真面目《まじめ》なんだ。

ったく、退路をここまで封殺されたら、前に進むしかないじゃないか。

だけど、素直に屈するのも癪《しやく》だから――

「わかった。俺は逃げるのをやめる。自分からも、愛河《あいか》からも」

「ようやく、折れてくれたのね」

「そして、高鷲からもな」

ついでだから、俺も全力でいくぞ。

「お前も愛河《あいか》ともう一度向き合え。俺が自虐《じぎやく》で身を守るタイプなら、お前は相手を攻撃して身を守るタイプだからな！　それを愛河に説明してリスタートだ！」

俺の言葉に高鷲《たかわし》は面食らったのか、なかなか次の言葉は来なかった。

「……それは、卑怯《ひきよう》ね。論旨《ろんし》のすり替えだわ」

「お前、卑怯とか言って自分のほうだけ逃げるなよ。俺もお前の友達作りに全力を尽くす。元はといえば、お前が愛河のそばから離れるから、俺に重圧が来たんだからな！　お前が横にいたら、こう……圧力が分散するっていうか……つまり、お前が必要なんだよ！」

同盟関係を結んでるんだから、地獄も天国も一緒《いつしよ》に行くぞ。

こほん、とかわいい空咳《からせき》をして、高鷲は何かのリセットをはかった。

「これは議論を重ねていく必要があるわね。明日以降に持ち越しとするわ」

「お前、あれだけかっこつけて自分だけ逃げようとす――」

女子の悲鳴が幕の奥から聞こえた。

それは愛河の声に近いような気がした。

いったい、何だ……？　何が起きたんだ？

数秒、間を空《あ》けて、生徒が幕から飛び出してきた。その数が増えていく。

「もしかして、嫌《いや》な予感が的中したかも」

高鷲が不吉《ふきつ》なことを言った。

「そういえば、愛河に危険があるからこういうのはよくないとか話してたよな……」

「それが正解かどうか見てみればわかるわ」

俺は逃げる生徒と逆行して、幕の内側に入った。

さすがに俺を避けて引き返そうとする奴《やつ》はいなかった。


舞台に立っている愛河に向かって、男女入り乱れた生徒たちが殺到していた。

視線はうつろで、まるでゾンビだった。

しかも、ぶつぶつといつもこいつも「アヤメイケサン」「アヤメイケサンサイコウ」「アヤメイケサンダイスキ」などとつぶやいている。

これもイベントの一環だと信じたかったけれど、舞台の隅《すみ》でエリアスが呆然《ぼうぜん》としているのが見えた。あの表情じゃ、あいつも現実を理解できてないらしい。

「わたしの計画が……。菖蒲池《あやめいけ》さんを生徒会役員にして、いずれ会長を追い落として、わたしが会長の座につく計画が……。水の異能力者だけに水泡《すいほう》だっ！」

本当にろくでもないことを考えてたな。

「来ないでください！　こんなの困りますっ！」

愛河《あいか》は悲鳴をあげながらもゾンビ風生徒を軽くぶん投げてるけど、数が多すぎる。

意識のある生徒たちは我先にと外に脱出していく。ただ、洗脳状態の生徒は十や二十じゃ全然きかない。逃げる生徒と半々ぐらいだけど、一学年五クラスだからヤバい数だ。

「ビンゴね。やらかしてしまったわ」

事情がわかる高鷲《たかわし》はこの空間で一人だけ冷静な顔をしている。

「おい、いったい何が起きてるんだ？」

「話すと長くなるわよ」

「とにかく手短に頼む！」

「あの子の異能力は好意の増幅よね。でも、好意というのは集団になると過熱する傾向にあるの。ほら、本拠地で鯉《こい》の球団や虎の球団応援してる人、ものすごく熱狂してるでしょ。ほかにもデモの集団が暴走したなんて話は世界のニュースでよく聞くわよね」

「そういえば、愛河が強盗捕まえた時に、興奮した人間にはよく異能力が効くって言ってた……それが全校生徒の数くらいになれば……」

つまり、こんな講堂に集めて、愛河を目立たせたらダメだったってことだ。

ある意味、エリアスの計画が大成功しすぎてしまったのだ。

誤算だったのは愛河の異能力を過小評価してたことだ。

「割合としては男子のほうが多いけど、女子もそれなりにいるわね。好意さえ抱《いだ》けば異性でも問題ないみたい」

「事情はわかった。まずは愛河を助ける」

こくと高鷲はうなずいた。参謀役は圧倒的に賢い高鷲に一任したい。

「好意の対象である彼女が講堂にいる限り、効果がなかなか途切れないわ。逆に言えば、彼女をここから連れ出せば、時間とともに状況は沈静化するはず。そうね、三十分もあれば」

「それを聞いて、ちょっとだけほっとした」

こんな状態が数か月続いたら愛河の未来が真っ黒になる。

「彼女までの道を作るわ」

「でも、そんなこと、そう簡単にできな――」

俺の言葉はそこで一度止まる。

「できるな」

俺は人生で初めてその異能力を背負わされたことに感謝した。

ドレインがあれば、武器を持たない敵の山に踏み込んでいける！

「そういうことね。これはグレ君にしかできないことよ」

高鷲の意図はすぐにわかった。

俺は一歩、一歩、中央から愛河のほうに近づく。幸い、理性を失ってる生徒たちは舞台両横の階段から上がってこようとしているから、直線状の道は割りとすいている。

ライブハウスの客がもし全部ゾンビだったらこんなことになるだろう。

俺に近づきすぎた生徒ゾンビの動きが緩慢《かんまん》になる。ためしに男ゾンビに背後から抱きついてドレインの威力を最大限にしてやったら、十五秒ほどでその場に倒れこんだ。

効き目はある！　威力最大で一人十五秒抱きつけば俺の勝ちだ。

「皆さん、目を覚ましてください！　これは異能力のせいですからぁ！」

愛河《あいか》は半泣きになりながら、ゾンビと相対している。

自分が操ったようなものだから、格闘技やってるとはいえ、こてんぱんにはできない。そこをつけこまれそうになる。

「やっぱり、愛河の異能力はダメだったんですか？　愛河は黙ってないといけなかったんですか……？　えっ、あれ、そこにいるのって……」

「そんなわけあるか！」

泣き顔の愛河と瞳《ひとみ》が合う。

愛河は俺を見ている。

「ＬＩＮＥ、無視しててごめん！　愛河がみんなに認められていくのを見てて、そばにいられないと思いかけてた。でも、そんなのはおかしいと気づいて、こうして戻ってきた！」

「当たり前です！　そんな理由でどっか行かないでくださいよ！　友達なんですから！」

こんな時なのに、俺たちは律儀《りちぎ》に叫びながら答えている。

「あと、俺だけじゃない！　戻ってきた奴《やつ》はもう一人いる！」

高鷲《たかわし》がはっきりと愛河の目を見据えていた。

電光掲示板がポップアップされる。そこには、

【早く逃げるわよ！　私のほうに飛んで！　ちゃんと、つかまえるから！】の文字。

さらに高鷲はゾンビのただなかに入っていく。

高鷲は何も言葉を発しない。愛河に見せるのは心の声であるべきだから。

【菖蒲池《あやめいけ》さん、私はまだあなたにわだかまりがある。仲良くできるかも、わからない。けど！

だからこそ、理性を保っていられる！　あなたを連れて逃げられる！】

「えーりん、愛河のことを友達だと思っててくれたんですね！」

たしかに電光掲示板には悪意の一つもない。

【今はそれすらどうでもいいわ！　ただ、私はあなたを助けたい！　それだけ！　私はウソをつけないから！】

ゾンビにもみくちゃにされながら、高鷲が心の声で叫んだ。

自分の敵がこんな危機に助けに来てくれたりするわけないからな。

もう、二人は絶対に友達だ。

それは好きでもない映画やアニメの話を合わせて、楽しくもないのにつるんで店を物色する

ような行為とは本質的に違う。もっと、成熟した人間関係だ。

「愛河《あいか》！　ここは高鷲《たかわし》を信じろ！　飛べ！」

「でも、この人たちがえーりんにまで襲ってきませんかね？」

「それは俺が盾になって守る！」

迷いは一切なかったし、恐怖心すら不思議とちっとも現れなかった。

こくりと愛河はうなずいて、勢いよく、高く舞台からジャンプした。

上手《うま》く高鷲の目の前にまで。

【時間はないわ。まずは、この講堂から出るわよ。私についてきて】

こうなると、電光掲示板の情報は理路整然としていて、速い。

もちろん、ゾンビ状態の生徒が襲ってくる。

愛河をとられるとでも思ったのか、スマホで高鷲の頭を殴《なぐ》りつけてこようとする奴《やつ》がいた。

「女に手出すなよ！　クソ野郎！」

俺はそいつに思いきり抱きつく。気分はアメフト、あるいはラグビーだ。ぶっちゃけルールの区別はついてない。どっちでもいい。

どくどく体になんか入ってくる感覚がある。ドレインは好調も不調もなく、俺の体にまとわりついている。もう、とことん吸い尽くしてやる！

「ありがと、グレ君」

【ありがと、グレ君】

久しぶりに高鷲の言葉と心が重なってるのを見た気がする。

「よし、すぐに出口のほうに向かうぞ！　のんびりしてると詰《つ》む！」

ゾンビは思ったより動きが速い。「アヤメイケサン」とか「アヤメイケサンアイシテル」なんて声を出して迫ってくる。

「あ、ああ……こんな大規模になるなんて……」

愛河があらためてびくつきだした。

こんな時、フィクションなら「落ち着け！」とかいって、ヒロインの頭に手を置いたりとかそんなことをするんだろうな。そりゃ、相手も惚《ほ》れるわ。

俺ができることって言えば――

ポケットに入っていたものをぽんと愛河に向かって投げた。

愛河は反射的にそれをキャッチする。

「えっ？　一口チョコですか？　なんで？」

「なんか口に入れたら、ちょっとはリラックスするだろ……」

愛河は一瞬ぽかんとしていたが、十種類の祝日がいっぺんに来たような最高の笑顔で――

「業平《なりひら》君、大好きです！」と叫んだ。

その途端、頭が異常に熱くなった。

あれ、理性が溶けて、このまま愛河《あいか》に抱きついて無茶苦茶《むちゃくちゃ》にしたくなって……アイカアイシテル、アイカアイシテ――


後頭部に軽い衝撃が来て、我に返った。

高鷲《たかわし》が招き猫みたいな手を振り上げていた。これで叩《たた》かれたらしい。

「ごめん。緊急事態だから叩いたわ。私が殴《なぐ》ったから偏差値五ぐらい上がると思って」

愛河に好意を持ちすぎると心を持っていかれる。ほんと、厄介《やっかい》な異能力だ……。

「お前にそんなご利益はないだろうけど、ありがとな。マジで洗脳されるとこだった……。あと、今の俺、叩くの勇気いったよな？　けっこう接触する時、負の力感じただろ」

「ここで囲まれるよりマシ。グレ君もとくにこの講堂の中では菖蒲池《あやめいけ》さんへの気持ちに注意して。洗脳されたらゲームオーバー。菖蒲池さんを鼻で笑うぐらいのほうが安全よ」

そんな友達いるかよ。

状況はいいのか悪いのか、微妙なラインだった。

なにせゾンビは数が多い。仮に半分が洗脳状態としても全学年合計で二百人以上いる。

もっとも、すでに覚悟は決まっていた。

「面白《おもしろ》くなってきたじゃねえか」

強がりじゃない。俺は本当にそう感じている。

今の俺は正義の味方だ。戦う異能力者だ。

しかも刃物を使うわけでも殴るわけでもないから、操られてる敵を物理的に傷つけることすらない。

すべてにおいて恵まれた戦う異能力者だ。神と仏と愛河に感謝。

「一気に講堂の外に出るぞ！　そこまでならゴリ押しで行ける！」

俺は率先して前に突っ込んでいく。

何度も何度も相手にハグして、ドレインで弱ったところを投げ倒す。

俺は二人にとってのモーゼだ。たまに弱らせる前に殴られたりするけど、そこは我慢すればいい。モーゼだって脱出の最中に何度か殴られるぐらいしただろう。

体育教師はバックをとって、そのうえで、頭にも手を載せる。ふらついたところをほかのゾンビ生徒にぶつけてやった。

ようやく、扉のところまでたどりついた俺たちは講堂の外に出る。出入り口をふさぐなんて発想は洗脳中の知性では考えつかなかったらしい。

【このまま校庭に出るわよ。外に逃げてしまえばゾンビも追ってこれないはず】

高鷲の言葉はおおむね正解だと思う。

「ですが、今の催眠状態の人たちが外に出たらまずくないですかね……？」

「そりゃ、西高《セイコー》の印象は悪くなるかもしれないけど、背に腹は替えられないでしょ！」

俺は扉の真ん前で仁王立ちになる。

二人には背を向けて。

「先に行け。俺はここを食い止める！」

冗談みたいな展開だよな。これ、主人公を守るために仲間が死ぬ時にやるやつだ。

「ふざけたことやってないで、一緒《いっしょ》に行くわよ！」

高鷲《たかわし》の声が響《ひび》く。けど、もう決めていたからひるむこともなかった。

「俺は正真正銘本気だ。ドレインの俺が扉の前に立ってれば最強の障害物になる」

きっと、これ以上にドレインのいい使い道なんて存在しない。

なにせ友達の役に立てるんだから。

「高鷲、愛河《あいか》、二人は友達だ。俺は友達を守るためにこの力を使う」

真の友達とか友情とか、わからないまままずっともがいていた。それこそさっきも講堂の外に飛び出して迷走していた。

だけど、俺は自分の危機も顧《かえり》みずに二人を守ろうとしてる。

自分の利害関係を超越してるから、これはきっと友情の発露《はつろ》だ。文句あるか。これでまだ友情じゃないなら、この地球に友情なんてない。

「グレ君！」

俺はちらっと振り返って、二人のほうに視線をやった。前を見ると、愛河の名前をぶつぶつ繰り返してる生徒がぞろぞろやってくるのがわかるから、二人の顔を見てるほうがほっとする。

「私とグレ君は友達じゃないし！」

「そこ、今、訂正するとこ!?」

たしかに同盟関係なだけだけど……そこは勢いで友達に格上げでもよくない……？

まあ、いいや。掲示板には【でも仲間ではあるからね】って書いてるし。

「高鷲、俺は今日、ここの門番をやるために生まれてきた」

「じゃあ、門番終わったら土に還《かえ》るの？」

縁起《えんぎ》でもねえよ！

「とにかく、二人は逃げろ。愛河の隣《となり》でも、高鷲なら豹変《ひようへん》しないと思うし」

「それもそうね。生理的に無理なキャラだし」

「えーりん、それ、冗談なんですよね!?　でないとまた絶交しますよ！」

「生理的に無理だけど、距離を近づける努力はするわよ」

これで話はついたはずだ。

扉から出てきた男子生徒の顔を手で包む。とっとと衰弱《すいじやく》してくれ。

「必ず、あとで合流する。それで愛河と高鷲の、友達の橋渡しをやってやる」

もう、後ろを振り向く余裕はないけど、きっと高鷲はやりづらそうな顔してるだろうな。

「わかったわ！」「ありがとうございます！」

二人が床を蹴《け》っていく足音がはっきり聞こえた。

「――さてと、できれば、せめて十分は足止めしたいよな」

両手を前に突き出して、広げる。

発動範囲、拡大！

一時的に吸収する範囲を半径三メートルまで拡大。弱い奴《やつ》は接近するまでにふらふらになる。俺を突破しないと愛河《あいか》にたどりつけないと気づいたのか、わらわらやってくる。

こっちからさっと距離を詰《つ》める。中途半端な距離だと殴《なぐ》られるから。

抵抗はもちろん受ける。催眠状態にあろうと、ぼっちの男に抱きつかれるのなんて嫌《いや》だろう。「悪いけど我慢してくれ」これも友達を守るためなんだ。

次に来たのは女子だった。ためらいはあったけど、結局抱きついた。

「ごめん！　正当防衛だから！」

その横からほかの男子が突破してこようとするので、今度はこっちに鞍替《くらが》えする。いきなり足を蹴《け》られた。運動部なのか破壊力がヤバい。まさか肉体強化の異能力なんて使ってないよな……？　どうか洗脳中は使えないという設定であってほしい。

そいつも足下がふらついてきたから、そのへんに寝かしておいた。「ケガはないから許せ」

相手に罪はないから、一人ずつ謝っておく。

「トイレで休み時間終わるまで待ってた五分と比べたら、ずっと短いな！」

けど、そのあたりが限界だった。

柔道部の主将をやってるクマみたいな男子が前に出てくる。

「俺がガチで柔道やったら全部優勢勝ちで金メダル取れるんだからな！」

俺は突っ込む。それしか手はないからだ。ケンカの技術すらない。

ふわり。宙を舞った。

投げられたらしくて、リノリウム製の床に打ちつけられる。

足と尻が痛くて、じんじんした。数秒だけ息ができなかった。やっぱり異能力だけじゃどうにもならん。ガチで柔道頑張ってる奴《やつ》には勝てないか……。

でも、その程度じゃん。

「全然たいしたことねえし！　ぼっちの苦しみのほうがはるかに長くて痛いし！　ぼっちは耐久力マックスなんだよ！」

そのまま廊下を進もうとする柔道部に背後から抱きついた。

「お前は自分のために戦ってるだろ！　俺は友達のために戦ってんだ！　だから俺が勝つ！」

柔道部が抵抗してゆする。俺は離れない。こうなりゃ、意地だ。

二人とも、逃げろ。逃げてくれ。どこか遠いところまで。

また、体が宙に浮いた。

「あ、これはヤバ――」

俺の意識はそこで途切れた。

# エピローグ

目が覚めると、シミの多いクリーム色の天井が見えた。

「ここはベッドか……。だとしたら保健室……？」

左側はすぐに壁と窓。その逆の右側を向いたら――

高鷲《たかわし》と愛河《あいか》が立っていた。

俺と目が合った瞬間、二人のお通夜《つや》みたいな表情が、ぱっとやわらいだ気がした。

「……生きて再会できたな。実は天国ってことはないよな？」

「業平《なりひら》君、ありがとうございました！」

愛河がベッドに向かってダイブした。まるでプロレス技ですというぐらい豪快に。

その女子特有の感触が、こう、なんというか、五感を猛烈《もうれつ》に刺激するわけで……。

「危ない、危ない！　気絶するって！」

「気絶してもいいです！　業平君は愛河の友達ですから！　ドレインも怖くありません！」

その言葉を思い出すだけでごはん三杯はいけそうと思った。

そっか、友情の前ではドレインなんてたいした問題じゃないんだ――と思おうとする前に、
高鷲が一気に愛河を引き離していつもの一メートル空《あ》いたところに二人は立った。

「やめて！　グレ君に近づくと本気で危ないんだから！」

高鷲《たかわし》にファインプレーと言いたいような、余計なことしないでくれと言いたいような複雑な気分だった。人生はいつでも複雑だ。

「ごめんなさい、業平《なりひら》君に感謝の気持ちを伝えたくてですね……」

「そこで男に抱きつくから、変な噂《うわさ》の元になるのよ。あんまり隙《すき》は見せないようにね」

高鷲の言葉は正論のはずだが、だけど、口調はそこまできつくなかった。ほんの少しは思いやりみたいなのが混じってる気がした。

それから、あまり目が合わないように気をつけつつ、俺のほうをちらちら見て、

「グレ君を運ぶのはけっこう大変だったんだから。マットに載せて、何度も人を交代して、やっとここまでかつぎこんだの」

ため息をつきながら、恩着せがましく顛末《てんまつ》を話してくれた。

どうやら俺の意識が飛んでそう時間もたたないうちに、講堂の生徒は元に戻っていったらしい。愛河《あいか》本人が離れたことが大きいのだろう。高鷲の作戦は成功したのだ。

校舎を出るかどうか迷っていた二人は、エリアスの放送による収束宣言を聞いて、俺を捜しに戻ってきたという。そして、俺は運ばれて寝かされているというわけだ。

幸い、俺のせいで病院送りになった生徒は誰もいなかったらしい。けっこう気にしてたので本当によかった。

「倒れてる生徒は保健室に運ぶべきなんだけど、グレ君が保健室を占領してるから使えないのよ。ここは日本一危険な病床ね」

　高鷲、言葉にもうちょっとやさしさを加えてくれ……。

「そういや、愛河は生徒会には入るの？　エリアスはそんなこと口走ってた気がするけど」

　すると、愛河は恥ずかしそうに右手で頭をかいた。

「いやあ……あのあと、副会長さんからＬＩＮＥが来まして……その話はなかったことにしてほしいと……。今度、副会長さんが謝罪会見をするそうです」

「菖蒲池《あやめいけ》さんの異能力を把握《はあく》してなかったことでトラブルになったと権力ネズミ……もといドリ子は詫《わ》びるそうよ」

　権力ネズミ……。的確にエリアスを表現してるからとくに修正の必要はない。

「愛河も謝るつもりだったんですが、お咎《とが》めなしになるように取り計らうと副会長さんに言われてます。申し訳ないですね……」

「ああ、そういうところはあのエリアスも真面目《まじめ》なんだよ。自分の発案のせいだって自覚はあるんだろ。多分、愛河には本気で申し訳なく思ってる」

　あんなのでも、一年の後半に副会長に就任する程度に人望があったのは事実なのだ。

「へえ、ずいぶんドリ子に対して詳《くわ》しいって顔してるわね」

　高鷲がいかにも「氷の姫」といった表情で腕組みして言った。そこは、ほら、浅く長い付き合いの賜物《たまもの》だ。

「多分、愛河《あいか》をプロデュースするみたいな生徒会の計画も白紙になると思います。だから、これからは前みたいに一緒《いっしょ》に過ごせる時間も増えるんじゃないかなって」

「その言葉だけで救われる。ありがとう」

俺は友達との時間を勝ち取ったんだ。名誉の負傷と言ってもいい。

「また、喫茶店行ったりして、しょうもないこと話そう……。毒にも薬にもならなくて、話題にしてる人間しか笑えないようなこと……」

「そうやって自虐的《じぎゃくてき》になるところは業平《なりひら》君のよくないところですけど、意味はわかりますよ。了解しましたっ！」

右手で敬礼みたいなポーズを愛河はとる。正確かどうかはわからないけど、俺と愛河の間でだけ伝わればそれでいいのだ。

だけど、そこで愛河の表情がちょっと変わった。一言で言えば照れている顔だった。照れることでも平気で言うキャラだと思ってたのに。

「あの……あと、せっかくだし、勢いで言っちゃおうと思うんですけど……」

友達云々《うんぬん》の話はあっさりすんで、次に照れるってことは、これはマジで告白か!?

俺にもシベリアみたいな冬が終わって、ついに春がやってくるのか？

世界中の人間が愛河をサキュバスと笑っても、俺は天使と言い続けてやる。

「え、えーりん、もう一度友達になってください！」

愛河が高鷲《たかわし》のほうに手を差し出した。

誰か、俺の過剰《かじょう》な自意識だけ殺す異能力持ってないかな……。そこそこ自己嫌悪《けんお》してる。

一方、そんなことまったく気にせず、愛河の高鷲への告白は続いている。

「今日、えーりんの態度を見て、自分が誤解してたってわかったんです。だから、また友達としてやっていきたいです！」

高鷲は逃げるように顔を背《そむ》けた。

それでまた物別れに終わるのかと思った。愛河が強引すぎたかもなと思った。

けど、高鷲の手のほうはきっちりと愛河の手を握《にぎ》っていた。

「まあ、お手やわらかにお願いするわ」

高鷲が相手の目を見ないとしても、それは敵意を意味しない。

「やったー！　愛河すごくうれしいです！」

ぶんぶんと愛河は高鷲の手を振っている。

人間、挫折《ざせつ》すると強くなれるっていうけど、友達関係もそうなのかもしれない。

「もうすぐ夏休みですし友達三人でどこか行きましょう！」

「その前に期末テストがあるわ」

こいつ、すぐに現実に引き戻すなよ。

「それと、微妙に事実誤認があるから訂正しておくけど――」

俺の頭にぽかんと何かがぶつかった。

消しゴムよりは強くて、おおかた小石並みの威力のそれを俺は知っている。

毛布の上に一口チョコのミルク味が落ちている。

「まだ、そこのグレ君と私は友達じゃないから。同盟相手というだけよ」

「だな。さっきもお前にそう言われたからな」

俺は包み紙を開けて、とっととそのチョコを口に入れた。これまでの人生で一番甘いミルクチョコ味な気がした。

「じゃあ、夏休みの間に二人も友達になってくださいよ！」

ものすごいプラス思考の発言に、高鷲《たかわし》がやりづらそうな顔になったのを俺は見逃さない。

「そうね、男子三日会わざれば刮目《かつもく》して見よというし、三日後にグレ君の異能力がオン・オフできるようになって、グレ君の卑屈《ひくつ》なところが改善されて、グレ君が私の趣味《しゅみ》に興味を持って、グレ君の顔がかっこよく変わってる可能性もないとは言いきれないわ」

「ねえよ。しかも、もはや俺のオリジナル要素、どこにもねえよ」

こいつは友達に多くを求めすぎだ。

「とにかく、やるだけやってみるわ」

高鷲と目が合った。

…………。

お前、そういうふうに自然に笑えるんだな。

すごく、すごくかわいいじゃないか。

そのままじっとしていれば、心も読めただろうけど——

俺は気恥ずかしくなって、自分から視線をそらした。

本音なんてわからないから、人間は誰かと友達になれる。

一メートル離れていても、視線が合わなくても、赤の他人に誤解されても、そんなの全部誤差みたいなものさ。

# あとがき

はじめましてか、お久しぶりです、森田季節《もりたきせつ》です。

すべての現役中高生と、すべての過去に中高生だった人に贈るつもりでこの作品を書きました。

この作品はフィクションですが、作中の一部に生々しい表現が含まれている場合は、たいてい作者の森田が経験しています。

とくに高二の時はクラスでしゃべる相手が誰一人いなくて先生とだけ仲がいいという、未来の自分からすると「むしろ、お前、よく学校行くな……。一周して精神力が強靭なのでは……？」と言いたくなるようなことを一年間やっていました。

できればなかったことにしたいこともたくさんあったのですが、こういう小説を作る糧になったわけでもあると好意的に解釈したいです。


さて、謝辞を。最高のイラストを描いてくれたMika Pikazo先生、ありがとうございました！　綱渡りなスケジュールでしたが先生のイラストを見るために気合い入れて乗り切ることができました！　まさに今、カバーデザインの完成バージョンを拝見しております。高鷲《たかわし》えんじゅ！　こんな友達が自分のそばにもいてほしかった！　結婚したい！

ちなみにどれぐらい綱渡りなスケジュールかというと、現在深夜二時、小学館本社でこれを書いております。た、多分、間に合いそうです！

そして、オビコメントを書いてくれた平坂読《ひらさかよみ》先生、本当にありがとうございました！　改稿の際、神通力でも宿らないかと『妹さえいればいい。』二巻をカバンにずっと入れて持ち歩いていました。一巻の段階では全然御恩返しになってないですが、シリーズが終わる頃にはこれまでの御恩の返済ができればと思っております。

編集の田端《たばた》さんも相当時間的に拘束してしまい、申し訳なかったです。あとで土下座《どげざ》します。むしろ、同じ机で、今も作業中です。三分前に「(仕事がヤバくて)泣きたい」って言ってました。ぜひとも、次はうれし泣きができるようにしましょう！　作家と編集の共同作業感をライブで体験しております。次はここまでライブ感なくいきたいです。

最後に、すべての読者の方々、ありがとうございました！　二巻でも戦います！

GAGAGA

ガガガ文庫

# 物理的に孤立している俺の高校生活

森田季節

発行　2017年2月22日　初版第1刷発行
　　　2017年6月19日　　　第2刷発行

発行人　立川義剛

編集人　野村敦司

編集　田端聡司

発行所　株式会社小学館
〒101-8001 東京都千代田区一ツ橋2-3-1
[編集]03-3230-9343　[販売]03-5281-3556

カバー印刷　株式会社美松堂

印刷・製本　図書印刷株式会社


Printed in Japan　ISBN978-4-09-451660-9

# 第12回小学館ライトノベル大賞
# 応募要項!!!!!!!!!!!!!!!!!!!!!!!!!!!

## ゲスト審査員は川村元気氏!!!!!!!

**大賞：200万円＆デビュー確約**
**ガガガ賞：100万円＆デビュー確約**
**優秀賞：50万円＆デビュー確約**
**審査員特別賞：50万円＆デビュー確約**

**第一次審査通過者全員に、評価シート&寸評をお送りします**

**内容** ビジュアルが付くことを意識した、エンターテインメント小説であること。ファンタジー、ミステリー、恋愛、ＳＦなどジャンルは不問。商業的に未発表作品であること。
（同人誌や営利目的でない個人のWEB上での作品掲載は可。その場合は同人誌名またはサイト名を明記のこと）

**選考** ガガガ文庫編集部＋ゲスト審査員・川村元気（映画プロデューサー・小説家）

**資格** プロ・アマ・年齢不問

**原稿枚数** ワープロ原稿の規定書式【１枚に42字×３４行、縦書きで印刷のこと】で、７０～150枚。
※手書き原稿での応募は不可。

**応募方法** 次の3点を番号順に重ね合わせ、右上をクリップ等で綴じて送ってください。
① 作品タイトル、原稿枚数、郵便番号、住所、氏名（本名、ペンネーム使用の場合はペンネームも併記）、年齢、略歴、電話番号の順に明記した紙
② 800字以内であらすじ
③ 応募作品（必ずページ順に番号をふること）

**応募先** 〒101-8001 東京都千代田区一ツ橋 2-3-1
小学館　第四コミック局　ライトノベル大賞係

**Webでの応募** GAGAGA WIREの小学館ライトノベル大賞ページから専用の作品投稿フォームにアクセス、必要情報を入力の上、ご応募ください。
※データ形式は、テキスト（txt）、ワード（doc、docx）のみとなります。
※Webと郵送で同一作品の応募はしないようにしてください。
※同一回の応募において、改稿版を含め同じ作品は一度しか投稿できません。よく推敲の上、アップロードください。

**締め切り** 2017年9月末日（当日消印有効）
※Web投稿は日付変更までにアップロード完了。

**発表** 2018年3月刊『ガ報』、及びガガガ文庫公式WEBサイトGAGAGAWIREにて

**注意** ○応募作品は返却致しません。○選考に関するお問い合わせには応じられません。○二重投稿作品はいっさい受け付けません。○受賞作品の出版権及び映像化、コミック化、ゲーム化などの二次使用権はすべて小学館に帰属します。別途、規定の印税をお支払いいたします。○応募された方の個人情報は、本大賞以外の目的に利用することはありません。○事故防止の観点から、追跡サービス等が可能な配送方法を利用されることをおすすめします。○作品を複数応募する場合は、一作品ごとに別々の封筒に入れてご応募ください。